魔刀

마도진조

요람 新무협 판타지 소설

FANTASTIC ORIENTAL HEROES

마도 진조휘 2
요람 新무협 판타지 소설

초판 1쇄 찍은 날 § 2016년 3월 28일
초판 1쇄 펴낸 날 § 2016년 4월 4일

지은이 § 요람
펴낸이 § 서경석

편집책임 § 고승진

펴낸곳 § 도서출판 청어람
등록번호 § 제387-1999-000006호
등록일자 § 1999. 5. 31
어람번호 § 제2-2652호

주소 § 경기도 부천시 원미구 부일로 483번길 40 서경B/D 3F (우) 14640
전화 § 032-656-4452 팩스 § 032-656-4453
http://www.chungeoram.com
E-mail § chungeorambook@daum.net

ⓒ 요람, 2016

ISBN 979-11-04-90720-3 04810
ISBN 979-11-04-90718-0 (세트)

魔刀

마도
진조휘

2

요람 新무협 판타지 소설

FANTASTIC ORIENTAL HEROES

청어람

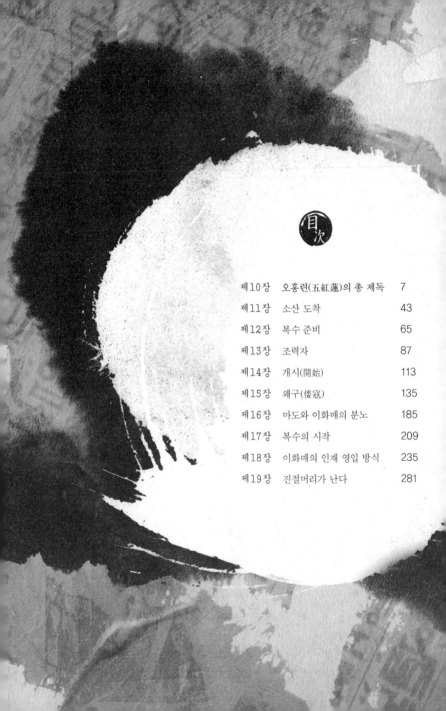

目次

마도
진조휘

제10장
오홍련(五紅蓮)의 총 제독

절강성(浙江省), 항주(杭州).

여타 말이 필요 없는 성이다. 옥이의 언니가 깨어남과 동시에 정말 아무런 일도 없이 무난하게 여정은 계속됐고, 항주에 도착했다. 상단의 속도는 항상 일정함을 유지해서인지 기간은 상당히 오래 걸렸다. 한 달이 훌쩍 넘어버렸고, 며칠이나 더 흘렀다. 하지만 착실하게 이동했고, 이윽고 항주에 도착했다.

"우와……."

한 객잔의 이 층에서 서문영은 밖으로 보이는 항주의 전경에 입을 턱 벌렸다. 아마 많이 다를 것이다. 서문영도 광동성 광주나, 복건성 복주는 분명 거쳐 왔다. 하지만 이 두 곳과 항주는 급 자체가 달랐다. 세상 모든 환락과 문화가 모였다고 해도 과언이 아닌 곳이 바로 항주다. 상유천당(上有天堂), 하유소항(下有蘇杭)이란 말처럼 유명 장소는 손으로 꼽기도 힘들만큼 많았고, 그에 따라 관광객의 수는 그야말로 헤아릴 수가 없었다. 사람에 치여 죽을지도 모른다는 소리가 있는 곳이 바로 항주다. 그런 곳을 처음 보았으니 탄성이 나오는 건 당연한 일이었다. 조휘는 그런 서문영을 힐끔 보고, 같이 항주의 전경을 두 눈에 담았다.

"음……"

서문영의 탄성과는 달리, 조휘의 탄성은 느낌이 달랐다. 항주를 담고 있는 눈빛도 달랐다. 서문영의 눈이 동그랗게 치켜떠졌다면 조휘의 눈은 아주 서늘하게 가라앉아 있었다. 드디어, 드디어 항주다.

소산은 엎어지면 코 닿을 거리에 있다. 소산에 들렀다 올수도 있었지만 조휘는 그러지 않았다. 그곳에 갔다가는 적가에 대한 복수심이 도저히 제어가 안 될 것 같아서였다. 여기까지 오는 동안 용강회에서 터뜨렸던 마를 겨우겨우 잠재웠다. 정말 힘들게 잠재운 만큼, 다시금 이놈이 눈뜰 때는 반드시 적가에 대한 복수를 할 때여야 했다. 그리고 그때는 정말원 없이 날 뛰게 해줄 생각이었다.

그렇다면 왜 지금 항주에서부터 이럴까?

이곳, 항주는 조휘의 추억이 시작된 곳이었다. 머릿속에 가지고 있는 가장 어릴 때의 기억이 아버지와 어머니의 손을 잡고 항주를 걸었을 때다. 딱 그 장면이 진조휘라는 사내가 가진 가장 오래된 추억이다. 그게 이유였다.

조휘의 표정을 서늘하게 굳힌 이유. 그러니 덩달아 적가가 따라붙었다. 그런 추억을 박살 낸 곳.

"저……."

그때 치고 들어오는 목소리.

"아, 미안합니다."

"아, 아니에요. 호, 호호……."

조휘의 사과에 서문영이 어색하게 웃었다. 그날 이후, 서문영은 조휘에게 잘 다가오지 못했다. 조휘에게 씌었던 마의 영향 때문이었다. 원체 감각이 좋은 모양인지 서문영은 조휘 앞에서 안절부절못했었다. 조휘가 근처에만 있어도 눈치를 보기 일쑤였고, 어쩌다 근접하게 되면 깜짝 놀라기까지 했다.

그만큼 조휘에게 영향을 많이 받았다. 그건 지금까지도 이어지고 있었다. 조휘가 용강회를 치기 전에는 언제나 옆에 붙어 있었다. 조휘의 옆이 가장 '안전'한 곳이란 것도 알았고, 진조휘라는 사내와 마도의 무력에 호기심을 느꼈기 때문이었다. 하지만 지금은? 탁자 건너편에 있었다. 멀찍이 떨어져 조휘의 근처에 오지 않으려 했다. 그리고 조휘가 조금만 인상을 굳혀도 흠칫흠칫 놀랐다.

너무 예민하다 싶을 정도였지만, 이건 전적으로 조휘 스스로 만들어낸 상황이라 불만을 표출할 수도 없었다.

'하지만 이젠 상관없겠지. 임무는 끝났으니까.'

고개를 슬쩍 저으며 서문영을 바라보는 조휘. 이제 저 철없는 아가씨를 호위하는 일은 끝났다. 임무는 분명 뢰주에서 항주까지 상행과 서문영을 지키는 게 조휘의 임무였고, 이제 항주에 도착했으니 서로 흩어지면 된다.

딱 지금, 점심만 먹고 나서 말이다.

이미 의뢰금도 받아 바로 인사만 하고 떠나려고 했는데 황곽이 그래도 점심까지는 함께해야 하지 않겠냐고 해서 남은 조휘였다.

서문영의 시선은 다시 난간 밖으로 향해 있었다. 마치 조휘와 눈이 마주치지는 게 무섭다는 것처럼.

그래서 조휘도 난간 밖으로 시선을 돌렸다. 각양각색이란 말이 가장 잘 어울리는 항주의 거리다.

의복의 색상, 신장, 성별, 나이, 그리고 심지어 인종까지. 곳곳에 색목인들도 보였다. 심지어 곤륜노도 보였다.

모든 문물과 문화가 뒤섞여 있는 곳이 바로 항주다. 그리고 조휘는 이런 항주가 낯설지 않았다. 조휘가 타격대에 끌려가기 전부터 항주는 이랬었기 때문이다. 그러니 아련하기만 했다.

그리고 이 순간 비로소 조휘는 느꼈다.

'진짜… 돌아왔구나. 내가 정말 항주로 돌아왔어.'

만감이 교차하기 시작했다.

부모의 손을 잡고 이곳을 뛰던 기억. 아버지가 사준 당과 하나에 웃던 기억. 어머니가 사준 옷 한 벌에 웃던 기억. 그런 기억들이 처음 떠올랐다가, 다른 기억이 차례로 떠올라갔다. 당연히… 적가의 기억이다.

그 순간 조휘는 고개를 휘휘 저어 생각을 멈췄다.

'또 놀랄라.'

서문영 때문이었다. 적가를 생각하면 필연 분노를 느낄 것이고, 예민한 서문영은 또 바로 반응해 버릴 것이다. 그리고 이 객잔의 이 층, 조휘의 일행이 있는 이곳엔 도검을 찬 무인이 적지 않았다. 경험이 많은 무인이라면 분명 조휘의 분노를 느낄 것이고, 민감하게 반응할 것이다. 굳이 싸울 일을 만들지 않는 조휘로서는 그런 상황은 사양이었다. 그렇게 생각 자체를 비우고 음식이 나오길 기다리며 밖을 보는데, 갑자기 거리의 인파가 양옆으로 쫙 갈라졌다. 동시에 웅성거림도 뚝 멎었다.

'음?'

신기한 일이지 않은가?

그에 조휘는 상체를 살짝 세우고 눈을 크게 떴다. 이후 양옆을 번갈아 보니, 우측 끝에서 걸어오는 일단의 무리가 있었다. 그 무리의 뒤에는 말이 끄는 짐수레의 행렬이 끝없이 이어졌다.

"우와……"

그게 또 신기한지 서문영이 탄성을 흘렸다. 다른 상단의 무사들도 흥미진진하게 객잔 밑 도로의 상황을 주시했다. 이어 객잔 이 층 전체 사람들이 난간으로 몰렸다. 아마 이런 생각을 할 것이다.

왕후장상(王侯將相)이라도 지나가나? 하지만 조휘는 그런 게 아닌 거라 이미 알고 있었다.

'아따……'

짜릿짜릿한 기세다. 이건 마치, 전장의 장수가 내비치는 기백과도 같았다. 그것도 그저 그런 장수가 아닌, 일당백의 장수가 내뿜는 기백. 그야말로 압도적이라는 단어를 써도 좋을 장수의 기백 말이다.

'적각무사는 상대도 안 되겠어.'

기백을 통해 가늠해 보건대, 이건 진짜다. 최소 흑각이다. 조휘도 마주치는 순간이 아니라 느끼는 순간 몸을 돌려 도망치게 만드는 흑각무사(黑角武士). 십 년간 왜구와 싸우며 딱 두 번밖에 만나보지 못했던, 뿔 달린 무사들 중에서도 최고봉에 올라있을 거라 연 백호장이 말했던, 그래서 수가 절대로 많지 않을 거라 했었던 그 괴물 같은 놈들.

지금 오는 이들은 기백이 최소 그 정도였다.

'왔다.'

멀어서 형체가 잘 안 보였는데, 일단은 여인. 점차 가까워지면서 이제는 어느새 조휘의 시선에도 담길 정도로 가까이 왔다. 흰 의복 위, 흑색의 상갑이다. 거기다가 맨 위에 붉은 천을 둘렀다. 화려하지만 실용적인 복장이다. 조휘는 저런 복장을 한 사람을 본 적 있었다. 딱 한 번.

'아, 역시……'

그럴 것 같더라니.

연 백호장도 쩔쩔 매는 사람이 있다. 이건 말 그대로 그냥 상대하기 극히 어렵다는 의미였다. 나름 집안이 좋은 연 백호장은 실제 뢰주 군영의 정천호에게도 당당한 사람이었다. 그런데 그런 그가 광주에서 엄청 쩔쩔 매던 걸 조휘는 본 적이 있었다.

'이화매(李華梅) 제독.'

쇄국정책을 펼치고 있는 명의 바다를 지키는 사설 함대의 여제독이다. 그런데 그냥 그저 그런 제독이 아니었다.

조휘도 마도라는 별호로 왜구들에게는 기피의 대상으로 평가받지만, 이화매 제독은 아예 재앙으로 분류된다고 들었다. 실제로 연간 명의 수군이 토벌하는 왜구보다 이화매 제독이 이끄는 사설 함대가 퇴치하는 왜구의 수가 더 많다고 들었다. 그리고 훨씬, 정말 훨씬 무섭게 토벌했다.

왜구 하나, 왜선 하나라도 끝까지 쫓아가 갈기갈기 찢어버리기로 유명한 게 바로 이화매 제독이다.

사설 함대이기에 명의 명령조차 제대로 통하지 않는 이화매 제독의 본거지가 바로 이곳, 항주였다.

'무력, 전략, 금력, 그 셋을 이용해 정보력까지. 정말 모든 것을 갖춘 독립 함대.'

실제로 타격대를 나가거나, 군역을 전부 맞춘 병사들은 먹고살 길이 막막하면 이화매 제독의 함대로 찾아가곤 했다. 대우도 최고이며, 생존 확률조차 엄청 높은 곳이니만큼 들어갈 수만 있다면 결코 나쁜 일이 아니었으니까. 떠도는 소리로는 명을 넘어, 저 바다 건너에도 거점이 있다는 소리를 들었던 것 같았다.

그만큼 세가 무시무시한 게 바로 이화매 제독이 이끄는 사설 함대다.

그런 이화매의 뒤로, 그때 광주에서 같이 봤었던 제독의 부하들이 보였다. 정말 특이한 조합이다. 색목인이 둘, 왜인의 복장을 한 이가 하나, 그리고 명의 장수 복장을 갖춘 이가 하나. 통일성이 없는 일행이었다. 거리는 점차 가까워졌다. 싸늘하게 가라앉은 도로를 이화매 제독의 일행은 거침없이 걸어갔다. 마치 당연하다는 듯이. 실제로 당연하기도 했다. 항주에 사는 사람이라면, 항주에 관심이 있는 사람이라면 이화매 제독의 인상착의는 반드시 알아둬야 하니까.

저 여제독은 강호인은 아니나, 명의 황실조차 어찌하지 못하는 명의 실세 중 하나다. 칼 좀 쓴다고 까불다간 그냥 골로 가는 거다. 실제로 까불다가 뱃머리에 매달렸다는 놈들이 꽤나 많았다는 소리도 덤으로 들은 조휘다.

그리고 이화매 제독에 대해 조휘가 연 백호장에 들은 마지막 이야기.

'엮이면 골치 아프지.'

인재에 대한 욕심이 엄청나다 했다. 아니, 연 백호장은 아예 탐욕이라고 했다. 조휘도 인정했다. 광주에서 한 번 만났을 때 아주 뼈저리게 느꼈었다. 그래서 조휘는 그만 신경을 끄고 시선을 돌렸지만… 어쩌나.

이화매 제독은 이미 고개를 들어, 조휘가 있는 난간을 바라보고 있었다.

안 그래도 이화매 제독 때문에 조용해진 객잔이었지만, 뭔가 더 조용해진 것 같은 느낌에 조휘는 잠깐 인상을 굳혔다. 그러다 다시 신형을 돌려 난간을 밖을 봤다.

"아… 이런."

저 앞으로 지나가야 하는 이화매 제독이 보이질 않았다. 정확히는 이화매 제독과 바로 뒤에 있던 명의 장수 복장을 한 이가 보이질 않았다. 불길한 예감에 조휘는 즉각 알아차렸다. 다시 계단으로 급히 시선을 돌려보자, 예감은 빗나가지 않고 적중했다. 이화매 제독이 올라오는 게 보였다. 하아, 짧은 한숨이 조휘의 입에서 흘러나왔다. 완전히 올라온 그녀는 조휘를 향해 바로 다가왔다.

"역시 마도 진조휘, 너였군."

"후우……."

조휘는 일어나서 군례를 올렸다. 이 여자, 다른 건 다 떠나서 조휘에게 군례를 받을 만한 자격이 충분하다 못해 넘치는 이였다. 사설 함대이지만 실제 명의 관직도 같이 가지고 있었다. 특별 관직이고 실제 권력이 부여되지는 않지만… 무려,

수군감찰도독(水軍監察都督).

당연히 원래는 없던 관직이다. 이 관직은 도저히 무시할 수 없을 정도로 바다에서 세를 키운 이화매를 그래도 명의 신하로 잡아두기 위해 급조해서 만든 특별 직이었다. 원래는 정천호를 주려 했다가, 이화매가 단칼에 거절하자 급히 만들어 내민 게 바로 이 수군감찰도독이었다. 도독이라는 말이 들어간만큼 높고 또 높은 것 같지만, 말만 정일품 관직이지, 관봉은커녕 권한도 아무것도 없는 관직이다.

정오품 정천호 직보다도 사실 힘이 없는 관직이기도 했다. 하지만 이 관직의 주인이 이화매라는 게 특별함 그 자체였고, 권력 그 자체였다. 또한 무력과 금력까지. 이 여자를 오히려 완벽하게 만들어 주고 만, 근 몇 년간 황실의 가장 큰 '실수' 중 하나였다.

"앉지."

"네."

가볍게 조휘를 앉으라 하고, 탁자를 쭉 훑는 이화매. 그 시선에 황곽이 바로 일어나 자리를 권했다. 황곽도 상단에 몸담

은 지 수십 년이 지난 사람이다. 설마 이화매를 모를 리가 없었다. 황곽의 자리에 이화매가 자연스럽게 앉고 부관으로 보이는 장수가 그 뒤에 턱하니 섰다. 황곽의 자리가 서문영의 옆이다 보니 조휘와는 거의 정면으로 마주 보게 됐다. 하지만 덕분에 서문영은 바짝 얼어버렸다.

서문영도 상단의 일원이다. 그녀가 태어난 뢰주 상단 자체가 육로를 통한 상행도 하지만 바다를 이용한 상행도 심심치 않게 나간다. 그러니 이화매의 사설 함대에 대해 모를 리가 없었다. 그녀는 조휘가 말해주지는 않았지만 복장을 통해 이미 알아차린 눈치였다. 그래서 지금 그녀는 입도 뻥끗하지 못하고 있었다.

"후우."

그에 조휘가 한숨을 내쉬고는 서문영에게 손짓을 했다. 자신의 옆도 아직 무섭겠지만 그래도 이화매 제독의 옆보다는 더 나을 거라 판단했기 때문이다.

조휘의 손짓에 서문영은 바로 움직이지 못했다. 시선만 힐끔 돌려 이화매를 바라봤다. 괜히 움직였다가 이화매의 심기를 건드릴까 봐 걱정한 것이다.

그러나 이화매는 그렇게 옹졸한 성격을 가진 여자가 아니었다. 오히려 거대한 사설 함대를 이끄는 제독다웠다.

대답 대신 그저 고개만 까닥이자, 서문영은 바로 후다닥 일어나 조휘의 옆으로 왔다. 탁자에 앉아 있던 다른 호위들도 전부 일어서서 서문영의 뒤로 조용히 몰려들었다.

조휘는 의자를 좀 움직여 이화매의 정면으로 갔다.

"예전이나 지금이나 변하신 게 없습니다."

"후후, 사람이 그리 쉽게 변하면 쓰나. 그보다 오랜만이야, 진조휘."

"네. 오랜만입니다, 수군감찰도독."

"이런, 내가 그 이름 별로 좋아하지 않는다고 그때 말했던 것 같은데."

"그렇습니까? 몇 년 전 일이라 가물가물합니다."

"다시 깨어나게 해줄까?"

"그건 사양하겠습니다."

조휘가 연 백호장을 호위하고 광주에 간 적이 있다고 했다. 이화매 제독은 그때 만났다. 수군 회의가 끝나고 열린 연회에 이화매가 왔던 것이다. 이화매는 가볍게 그 자리에 있던 이들과 대화를 나누고는 연 백호장과 조용히 한쪽에 서 있던 조휘를 찾아왔다. 그때가 기억이 나던 조휘다.

그때 처음 나눈 인사가……

'마도 진조휘?'

딱 이거였다.

살벌한 기색이 감도는 그 질문에 조휘가 풍신을 잡자, 이화매의 옆에 있던 왜의 복장을 한 무사가 벼락처럼 도를 뿌렸다. 겨우 막았다. 준비하고 있지 않았다면 그대로 머리가 두

쪽이 날 뻔했다.

막아내고, 머리가 확 열려 이를 으득 간 조휘가 반격하려고 했지만 연 백호장이 앞을 막는 바람에 막혔다. 연 백호장이 막지 않았다면 분명 칼부림이 일어났을 것이다. 그랬던 첫 만남이다.

이 여자는, 바람처럼 행동한다. 거칠고, 제멋대로이기도 하다. 하지만 동시에 무겁고, 단단한 사람이다. 그러면서도 또 때에 따라 가볍다.

지금도 마찬가지.

이화매가 마음만 먹으면 이곳을 질식할 것 같은 공간으로 만드는 것쯤이야 일도 아니다. 말 한마디 살벌하게 해주면 된다. 진심을 담아서. 하지만 기분을 풀고 있으면 어려운 사람 정도다.

자신이 품은 기세를 자유자재로 통제가 가능한 여자였다.

'급수가 다르지.'

이 부분은 조휘도 인정했다. 애초에 자신과 그릇이 달랐다. 연 백호장도 이화매 제독의 그릇엔 대적 불가였다. 이런 능력은 익히고 싶다고 익힐 수 있는 게 아니었다. 타고나는 부분이 반드시 있어야 했다. 쉽게 설명해 이화매는 제왕의 기질을 가진 이다. 저 드넓고 사나운 바다를 지배하는 제왕.

그럼, 그런 이화매가 조휘를 왜 찾아왔을까? 그리고 어떻게 이렇게 빨리 알고? 정말 단순히 우연이었을까? 조휘는 아닐 거라고 봤다.

"전역했더군."

"네, 얼마 전에."

"내가 오라고 했을 텐데?"

"그때 거절한 걸로 압니다만?"

말을 끝내고 속으로 그러면 그렇지, 하고 생각하는 조휘다. 이 여자가 이 말을 꺼냈다는 건… 알고 있다는 뜻이었다. 전역했네?도 아니고, 전역했더군, 이다. 의문이 아니라 알고 있었다는 투다.

자신의 전역을 이미 알고 있다는 것 자체가 이화매가 이 자리에 있는 걸 모두 설명해 줬다. 군 소속이 아닌 독립된 개인 사설 함대지만 이화매는 관직도 있고, 바다에 인접한 곳에서는 막대한 영향력을 행사했다. 그렇기에 정보력은 가히 상상을 초월한다.

'항주에 들어선 순간 걸렸네.'

누군가가 보고, 아마 바로 연락이 갔을 거다. 이후 이화매가 이렇게 대대적인 준비를 갖추고 자신을 찾아온 거고.

노리는 바야 명확하다.

마도 진조휘는 내 거다, 하고 온 천하에 공표하고 있었다. 인재 욕이 가히 탐욕급인 이화매다. 당시 조휘가 군역에 종사하는 중만 아니었다면 무슨 수를 써서라도 데리고 가려 했었는데, 이게 지금까지 왔다.

왜 자신을 원하는지는 알 수 없었다. 그 부분은 예전에도 물었지만, 이화매가 대답을 안 해줬기 때문이다.

"잘 알 텐데, 나를?"

"네, 잘 압니다. 연 백호장에게 귀에 못이 박히도록 들었습니다. 한 번 찍은 먹이는 절대 놓치지 않는다고."

"그래, 잘 아네. 그래도 연 백호가 나를 제법 잘 알긴 하지. 실제로 내 밑에서 이 년이나 있었고."

"네, 그렇다고 들었습니다."

이것도 실제다.

연 백호장은 부친이 정일품 관직에 있음에도 불구하고 이화매의 사설 함대를 찾아갔고, 이 년을 함께했다고 들었다. 그래서 그렇게 남들보다 훨씬 정확하게 알고 있는 것이다. 조휘는 불쑥 이상한 생각이 들어 바로 물어봤다.

"혹시 연 백호장이 연락했습니까?"

"설마. 그놈은 나에 대한 신의도 있지만, 너에 대한 신의도 분명히 있어. 내가 원하지만 네가 원하지 않았다면 연락할 놈이 아니야."

"혹시나 했습니다. 전역하는 날 저한테 그랬습니다. 넌 분명 순탄히 살 운명이 아니라고."

피식.

이화매의 얼굴에 얇은 웃음이 스쳐 지나갔다. 조소가 아닌, 뭔가 조휘의 말에 동조하는 느낌이 들어 있는 웃음이었다.

"마도라 불리는 너다. 편히 살 수 있을 거라 생각했나?"

거침없는 그 말에 조휘는 대답 없이 고개만 저었다. 순탄한 인생? 그런 인생이 주어질 거였다면 애초에 억울한 사정으로 군역을 치르지도 않았을 것이다. 사람마다 타고난 팔자가 있다고 하는데, 조휘는 자신의 팔자가 더럽게 사나울 거라 예상하고 있었다.

"그래도 이제는 좀 쉬고 싶습니다."

"후후, 후후후! 하하하하하!"

조휘의 말에 이화매는 거침없이 웃었다. 이번에도 조소는 깃들지 않았지만 어딘지 조휘의 심정을 자극하는 소리였다. 그래서 조휘는 표정이 살짝 굳었지만, 이내 다시 풀었다.

이화매 제독은, 진짜 조심해야 할 사람이었으니까. 조휘가 아무리 막 나갈 때는 막 나간다 해도 그건 상황에 따라서였다. 백검문도들과의 만남에서도 그랬듯, 조심해야 할 때는 정말 조심했다.

"거짓말을 하는군."

"거짓은 아닙니다만. 십 년간 피 흘리는 전장에서 굴렀으면 이제 좀 쉴 때도 됐다 생각하고 있습니다. 그래서 당분간은 아무것도 안 할 생각입니다."

"참으로?"

"네."

조휘는 똑 부러지게 거짓말을 했다. 조휘는 해야 할 일이 있었다. 그것도 반드시 해야 할 일이다. 그 때문에 자신의 목숨이 떨어진다 해도 완수해야만 하는 일. 뭐, 당연히 적가에 대한 복수다.

그 일을 마치지 않고서는 그 어떤 일도 할 생각이 없었다. 황제가 부른다고 해도 숨어 복수를 할 생각이었다. 그런데 조휘는 한 가지 잊고 있는 게 있었다. 아니, 알고 있으면서도 잠시 생각하지 못한 부분이다.

바로…

"적가는? 그냥 두려고?"

"……."

이화매 제독이 이끄는 사설 함대, '오홍련(五紅蓮)'의 정보력이다.

서문영이 힐끔 바라보는 게 느껴졌다.

"후, 무슨 말이 하고 싶으신 건지 모르겠습니다만."

딱 잘라 얘기하자, 이화매 제독의 시선이 조휘가 아닌 서문영에게 돌아갔다.

"뇌주 상단의 서문영?"

"네, 네?"

이화매 제독의 말에 서문영이 깜짝 놀라며 대답했다. 아마 정신이 없을 것이다. 이 자리에 오홍련의 총 제독이 있다는 게, 그리고 그 제독이 자신의 이름을 불렀다는 게. 하지만 조휘는 서문영의 걱정 대신 다른 생각을 하고 있었다.

'서문영의 이름까지 알고 있어. 이건 뭐…… 출발할 때부터 걸렸어.'

자신이 전역하는 그 순간 걸렸을 확률이 매우 높았다. 연백호장이 아니더라도 이화매 제독 정도 되면 군부에 끈이 수두룩하게 있을 것이다. 그 안에 인사 관리 하나쯤 살펴볼 능력이 있는 간부들도 넘쳐날 것이다. 말 한마디 던지면 그냥 알 수 있는 거다. 조휘가 상단에 합류하고, 출발할 때 아마 연통도 같이 이화매 제독에게 날아갔을 것이다. 그 정도 정보 수집, 전달 능력이 없으면 지금의 오홍련은 존재하지도 않았다.

"기억했어. 다음에 꼭 한번 보자고."

"아……."

다음에 꼭 한번 보자고. 이 말은 자리를 비켜달라는 뜻이었다. 서문영은 그 말뜻을 바로 알아차리지 못했지만 황곽이 있었다. 급히 황곽이 서문영의 귀에 소곤거리자, 그녀는 아! 하고 소리를 크게 내더니 벌떡 자리에서 일어났다. 그러고는 꾸벅 인사하고는 바로 일 층으로 내려갔다. 그녀가 내려가자, 객잔의 이 층에는 조휘와 이화매 제독, 하아, 그리고 그의 부관만 남았다. 한숨을 내쉰 조휘는 바로 물었다.

"조사했습니까?"

"했지. 마도의 별호가 내 귀에 들어온 그날 바로."

"그렇습니까."

"왜, 기분 별론가?"

"솔직히 말하자면 그렇습니다."

"이해하란 말은 하지 않겠지만, 우리 함대에 대해서는 잘 알 거다."

"압니다만, 저는 아직 오홍련의 일원이 아닙니다."

"후후. 말했을 텐데, 나는 찍은 먹이를 놓치지 않는다고."

"조용히 살고 싶다고 전한 지 얼만 안 됐습니다만."

조휘는 물러나지 않았다.

이화매 제독의 인재 욕심, 아니 탐욕은 이미 조휘를 향해 날카롭게 이빨을 들이밀고 있었다. 정말 골 때리게도 만약 함대 오홍련이 왜구들처럼 악하기라도 하면 작정하고 한판 붙기라도 하겠는데, 오홍련은 절대 그런 쪽이 아니었다. 명의 수군보다 빨리 왜구의 약탈을 알아내고 토벌을 나가는 곳이 오홍련이다. 애초에 명 초, 초대 이씨세가의 가주가 만든 오홍련은 오직 왜구의 토벌을 위해 만들어진 집단이었다. 그게 백여 년이 훌쩍 넘게 흐른 지금까지도 초심을 잃지 않고 지켜지고 있었다.

그런 오홍련의 총 제독이며, 대대손손, 오직 중원의 바다를 지켜왔던 이씨세가의 당대 가주이기도 한 게 이화매다. 즉, 바다와 근접한 성, 현, 마을에서는 황제보다도 더 추앙받는 인물이다. 이게 문제다. 사람 살리게 도와달라고 하는데, 싫다고 칼부림을 할 수는 없지 않겠나. 조휘는 이화매 제독의 얼굴을 직시했다.

여우상에, 짙다 싶을 정도로 붉은 입술, 그리고 중원 그 어디에서도 찾기 힘든 '단발머리'가 인상적인 그녀의 눈동자에는 신념과 집착이 함께 서려 있었다. 서로가 눈빛을 교환하길 반다경 정도, 이화매 제독이 먼저 입을 열었다.

"소산적가, 이미 다 알아봤어."

"……"

그러더니 품에서 척, 죽간 하나를 꺼냈다. 그 죽간은 그녀의 손짓에 조휘의 앞으로 밀려왔다. 하지만 조휘는 그 죽간에 손을 대지 않고 시선을 들어 제독을 바라봤다. 그런 조휘의 귀에 그녀의 말이 들려왔다.

"우리 적재 창고 몇 개를 관리해 주고 있었는데, 알고 봤더니 개새끼들이더군."

"……"

"마도 진조휘와 엮인 일 말고도 한두 개가 아니야. 나열조차 쉽지 않을 정도로 엄청나게 많았지. 춘신과 화창의 포로 적가의 장원을 쑥대밭으로 만들려고 했지만……."

"안 했기를 바랍니다."

이화매의 말에 이번엔 조휘가 즉각 응답했다. 누구 마음대로 적가를? 조휘가 십 년간 버틸 수 있었던 원동력 자체가 적가에 대한 복수심이다. 오직 그것 하나만 보고 지금까지 견뎌 왔다. 그런데 그 복수가 다른 사람의 손에 이루어진다? 그건 절대로 허락할 수 없는 일이었다. 황제가 와서 말려도 조휘는 듣지 않을 거다. 이화매 제독이 하지 말라고 하면? 적가의 뒤를 만약 봐주고 있었다면? 적가는 물론, 오홍련도 적으로 간주할 조휘였다. 물론 오홍련이 절대 그럴 리는 없겠지만, 그만큼 적가에 대한 복수는 그 누구에게도 양보할 수 없었다.

"안심해라. 일부러 제재만 가해 놓고 손대지 않았으니까."

"다행입니다."

"후후, 내가 손댔으면 도를 뽑을 기세인데?"

"그러지는 않을 겁니다. 다만."

"다만?"

"제독과는 앞으로 일절 볼일이 없겠지요."

"후후후후!"

재미있다는 듯이 웃는 이화매 제독이다. 조휘는 이 건에 대해 끝내기로 했다. 아직 본론은 나오지 않은 것 같으니까.

"이제 진짜 원하는 걸 말해 보십시오."

"원하는 것? 그대가 전부다, 진조휘."

"정말 저의 영입 때문에 이렇게 거창한 일을 벌인 겁니까?"

"그래."

"……"

조휘의 눈이 가늘어졌다. 진위 여부를 파악해 보려 함이다. 하지만 상대가 이화매 제독이다. 오홍련의 총 제독이다. 조휘가 가늠할 수 있는 급이 아니었다. 즉, 이화매가 탁자에 팔을 걸치고 상체를 조금 앞으로 뺐다.

눈빛은 더없이 진지해졌다. 기세가 일변하고, 그 일변한 기세에 조휘도 딸려 들어갔다. 객잔 이 층의 공기는 더없이 무거워졌다. 그렇게 순식간에 공기 자체를 변화시킨 이화매 제독. 이게 진짜 오홍련을 이끄는 총 제독의 모습이었다.

"현재 돌아가는 판을 어느 정도까지 알고 있지?"

"……."

"진조휘, 알고 있는 것 안다. 대답해 봐."

무슨 판?

이화매가 원하는 답은 딱 하나밖에 없다. 조휘는 그게, 자신이 알고 있는 그것과 동일하다 생각했다.

"아직은 수면 아래라고 생각합니다."

"역시 알고는 있었어. 하지만 틀렸다."

"음?"

"수면 아래가 아니야. 위로 떠오르지는 않았지만, 마음만 먹으면 바로 떠오를 수 있는 정도까지 올라왔어."

"……."

그 정도였던가?

이 이야기는, 백검문의 곽원일과 아주 잠깐 나눴던 대화와도 연동이 된다. '황명'이다. 그리고 조휘가 연 백호장에게 들었던 얘기와 지금 이화매 제독이 하는 말은 전부 연결이 된다.

"그래서 지금 판이 변하려 하고 있어. 가장 먼저 터질 건…

왜놈들이다."

왜놈들…….

개새끼들이다.

지들이 벌어먹고 살 생각은 안 하고, 남의 것을 빼앗아 먹고 살려 하는 인간 망종들이다. 조휘의 기준에 왜(倭)란 그렇게밖에 생각되질 않았다.

"왜놈들을 이끄는 놈이 이번엔 무슨 작정을 한 건지, 대대적으로 병력을 모으고 있다는 소식이 들려왔어."

"……."

안 그래도 왜구는 엄청나게 많다. 솔직하게 말하자면 일주일에 한두 번 꼴로 약탈이 자행되고 있었다. 그런데도 또 병력을 모집한다고? 안 그래도 많은데? 그렇다면 조휘가 알기로는… 하나밖에 답이 나오질 않았다.

"전쟁이라도 일으킬 거란 말입니까?"

"아닐 거라고 생각하나? 육지의 멍청이들은 모르지만, 너나나나 이쪽의 돌아가는 분위기는 누구보다 더 잘 알지 않나."

"……."

서당 개 삼 년이면 풍월을 읊는다는, 어디선가 주워들은 그 말이 떠올랐다. 조휘가 딱 그 짝이다. 십 년간 전장에 있으며 많은 것들을 경험하고, 보고, 들으며 배웠다. 전장의 공기, 바다 자체의 공기, 그런 것들.

전역하고는 나가지 않아 당연히 모르지만… 이 여자라면

안다. 조휘의 후각에 아직도 가시지 않은 짠 내음이 느껴졌다. 분명 저 둘 중 하나이거나, 둘 다이거나 할 것이다.

"잦아졌어. 전보다 훨씬 더. 요즘은 거의 하루에 한 번 꼴이더군. 덕분에 더없이 바빠졌지. 이게 뭘 뜻하는 줄 알지?"

"물자."

"그래, 물자의 조달이다. 거기서 전부 못 긁어모으니 여기까지 와서 지랄인 거지. 그럼 왜 물자를 모을까? 이렇게 급하게?"

"전쟁."

후우.

전쟁이라고?

조휘는 지금 이게 말이 되는 소린가 싶었다. 전역한 지 얼마나 됐다고?

"농담 아니야. 왜에도 수장이 있지. 진조휘, 네가 가진 도의 이름과 비슷한 새끼. 찢어 죽여도 시원찮을 그 성성이 같은 새끼가 이젠 아예 광증이 들은 모양이야."

"후우……."

답답하니 한숨만 나온다.

이화매 제독이 원하는 건 실력 좋은 칼이다. 자신의 작전을 믿고 맡길 수 있는 잘 버려진 칼을 원하는 거다. 그렇다고 한두 번 쓰고 버릴 칼이 아니다. 그럴 거라면 이화매 제독이 직접 예까지 와서 이런 판을 벌였을 리가 없었다. 적어도 자신

의 직속 휘하 타격대를 맡길 생각 같았다. 왜? 대비하기 위해
서다.

저 말대로라면 앞으로 터질 환란에 대비해서 말이다.

조휘 스스로 생각해 봤다. 만약 자신이 있다면? 자신이 타
격대에서처럼만 한다면 적어도 한 해에 몇천 명은 구할 수 있
을 것이다. 이건 오만이 아닌, 여태 자신이 이룬 실제 실적이
었다.

하지만 그렇다고 받아들일 수는 없었다. 그러기에는 조휘도
분명 해야 할 일이 있었으니까. 그래서 물어봤다.

"놈들이 노릴 대상이 명(明)이라 생각합니까?"

그 말에는 고개를 젓는 제독.

이후 답이 다시 나왔다.

"아닐 거다. 머저리 같은 내륙 놈들은 모르지만, 우리 전
략부에서는 어느 정도 답이 나왔지. 일단 첫 번째 목표는 아
마……."

아마?

"조선일 거다."

조선?

명의 신하 국, 조선?

조선이란 나라에 대한 조휘의 생각이었다. 흔히 '선비'의 나
라라고 하지만 가 본 적도 없고, 깊게 생각해 본 적은 더더욱
없는 나라였다.

"전초기지입니까?"

"그래. 성성이 놈의 목적은 그런 작은 땅이 아닐 거다. 분명 이 중원 땅을 노릴 거야. 하지만 그렇게 하려면 반드시 많은 제약이 따르지. 명을 그대로 쳐들어오자니 부담되는 게 도처에 널린 거야. 그러니 먼저 조선을 점령해 명을 칠 전초기지를 만들 모양이다."

"······."

조휘는 이화매 제독의 말이 그럴싸하다고 느껴졌다. 만약 정말 요 근래 왜구들이 시도 때도 없이 날뛰고 있다면, 전쟁이 일어날 확률이 매우 높다. 왜구는 해적이다. 하지만 전부 해적인 건 아니다. 이화매 제독이 성성이라 불렀던 그놈, 왜국(倭國)의 수장인 '풍신수길(豊臣秀吉)'의 명령을 받는 놈들이 태반이 넘었다. 그들이 받는 명령은 하나다. 조선이든, 명이든 가리지 않고 약탈해 자원을 저장하는 것.

이건 조휘도 연 백호장에게 들어 알고 있는 사실이었다.

이게 사실이라면 높은 확률로 명은 전화(戰火)에 휩싸인다. 그리고 그 전화가, 자신은 피해갈 거라는 걸 장담할 수 없었다.

"이런 사실을 알고 있는 마당이니 나는 준비를 해야 한다. 이미 중원 전체를 대상으로 무사를 모집 중이고, 뛰어난 무사는 어디든 직접 가 영입을 하고 있었지. 그러던 중 마도의 전역 소식을 들었다. 다 내팽개치고 달려왔지. 진조휘, 나는 너를 반드시 내 밑에 두어야겠어. 나를 위해서라도, 그리고 백성을 위해서라도."

"……."

이화매 제독의 말에는 진심이 가득 담겨 있었다. 나를 위해서, 그리고 백성을 위해서. '명'이라는 단어는 빠져 있었다. 자신의 이 모든 행동이 나라를 위한 건 아니라 말한다. 본인을, 그리고 백성을 위해서라고. 누구나 할 수 있는 말이지만, 지금 이화매 제독처럼 진정성을 느끼게 하기는 힘들 것 같았다.

하지만 그런 말에 감동받아 '꼭 돕게 해주십시오!' 이럴 조휘가 아니었다. 그러기엔 조휘가 너무 지독한 곳을, 오래 경험했다.

'거절하는 게 맞아.'

알긴 알겠는데, 그게 당장 조휘 자신과 상관있는 일은 아니었다. 구두 약속? 그랬다간 나중에 이 여인에게 어떻게 코를 꿰일지 모른다. 섣부른 약속은 금물이었다. 그런 생각을 하는 조휘에게 다시금 날아든 말.

"방관은 살인보다 더 나쁘다는 말 아나?"

"……."

알지, 아주 잘 안다.

"마도 진조휘가 방관을 선택하고 전쟁이 일어나면 수백, 수천이 넘는 사람이 죽어나갈 거다."

"그래서 저더러 살인을 선택하라는 말입니까?"

"그래. 네가 살인을 선택하면 반대로 수백, 수천의 목숨이 지켜지겠지."

지금 저 말, 조휘 본인도 인정하는 부분이긴 하다. 조휘는 잘 안다. 힘 있는 자의 방관이 주변에 끼치는 영향을. 어떤 상황이든 결코 좋지 못한 방향으로 흐르는 걸 실제 겪었고, 많이 봐왔다.

하지만 당장 인정해서는 안 되는 말이었다.

"저를 너무 높이 사고 있습니다."

"높이 산다? 웃기는군. 이 중원 천지에 나보다 까다로운 눈을 가진 자가 존재할 거라 보는가?"

이화매가 코웃음을 치고는 조휘의 말에 대답했고, 조휘는 그 말을 또 수긍할 수밖에 없었다. 지금 제독 본인이 한 말은 이미 소문으로도 파다하게 퍼졌다. 웬만한 무인은 아예 눈에도 들지 않는다. 무력도 중요하지만 심성까지 까다롭게 살펴본다. 실제로 오홍련의 정보 조직을 이용해 아예 싹싹 캐버린다. 본인이 기억도 못 할 어린 시절의 모습까지. 그런 엄격한 이화매의 심사를 통과하지 못하면 오홍련에는 발도 못 붙인다. 간부가 될 사람은 더욱 심했다. 이화매 제독은 조휘를 거의 간부급으로 영입하려 하고 있었다.

이미 진조휘라는 자에 대한 조사도 끝난 마당일 것이고, 심사도 당연히 끝났다. 그게 아니라면 오홍련의 총 제독인 이화매가, 바빠도 무지하게 바쁠 제독이 이 자리에 있을 이유가 없었다.

까놓고 말해, 이 여자는 진심으로 조휘를 원한다는 소리였
다.

"방관을 선택할 생각인가? 마도 진조휘는 그런 겁쟁이였
나?"

"그런 도발에 넘어가기에는 제가 겪은 게 많습니다."

"그런가? 그럼 이런 하수는 그만두지. 그럼 이건 어때."

"음?"

"도와다오."

"……."

직설적으로 훅 날아온 이화매 제독의 말에 조휘는 눈을 치
켜떴다. 덩달아 고개도 살짝 숙여졌다. 그런 제독의 행동에,
뒤에 있던 부관이 으음, 하고 짧게 신음을 흘렸다. 아마 마음
에 안 들 것이다. 자신이 모시는 상관이 아쉬운 소리를 하고,
짧게나마 고개를 숙였다는 사실이. 하지만 부관의 행동이야
조휘에게는 아무것도 아니었다. 조휘는 살짝 보이는 이화매
제독의 정수리를 바라봤다.

'이렇게까지? 전쟁은 심증이 아닌, 확신인가?'

하긴, 정보력만큼은 타의 추종을 불허하는 오홍련이다. 그
전문가들이 내놓은 정보라면 십 중 구할 이상이라고 봐야
했다.

'전쟁, 전쟁이라…….'

당장은 조선으로 향하겠지만,

"몇 년 안에 벌어질 거라 보십니까?"

"이 년 안."

"……."

곧 중원 땅에도 불이 붙는다.

대답과 동시에 고개를 든 이화매 제독. 얼굴에는 수치, 모욕감은 일절 없었다. 원하는 인재를 영입하기 위해 고개까지 숙이는 여인이다. 탐욕. 자신의 신념을 지키기 위해, 만인을 위해 부리는 탐욕이라 그런지 나쁘게 생각되지는 않았다.

"내 말에 확신이 안 선다면 하나 더 말해주지."

"더 있었습니까?"

"그럼, 당연하다. 외인에게는 말해주지 않으나, 언제고 넌 내 곁에 둘 거니까, 외인이라 생각하지 않고 말하지."

"하……."

헛바람이 쭉 빠진다.

저런 자신감이라니.

"최근 저 사막 건너, 더 먼 곳에서 색목인 상단과 성성이 새끼가 거래를 시작했다. 뭘 집중적으로 사들이기 시작했는 줄 아나?"

"제가 알 리가 있겠습니까?"

"행용총(行用銃)이다."

"……."

조휘는 그 말에 침묵했다. 하지만 눈매는 격하게 일그러져 있었다. 저 단어, 악마의 단어였다. 농담이 아니라 악마가 만들어낸 무기가 틀림없었다.

조휘는 딱 한 번 겪어봤다.

행용총의 무서움을, 땅! 하는 소리와 쇠구슬을 격발시키는 행용총을 딱 한 번 겪어봤다. 기습 작전에서 적의 두목이 사용했을 때 겪었던 조휘는 정말 그 자리서 죽을 뻔했다. 거친 소리가 터진 직후 볼 옆을 스쳐 지나가 벽에 박혔다. 장전을 다시 해야 하기 때문에 살았지, 연사가 가능했다면 조휘는 그 자리서 죽었을 것이다. 그 기억에 몸을 부르르 떠는데, 이화매 제독이 한마디를 더 했다.

"거래 물량이 쌓인 게 이제는 만 자루 이상이라 하더군."

"……."

만 자루 이상의 행용총.

저 정도만 되도 아마, 조선은 쑥대밭이 될 것이다. 일만의 보병이 저 총으로 무장하고 있다고 가정하면 같은 수의 보병과 기병은 그야말로 갈가리 찢겨나갈 것이다.

포의 사용이 제한되는 육지전이라면 더욱 심각해진다. 해상전이면 행용총의 사거리보다 포의 사거리가 길기 때문에 난전이 벌어지지 않는 이상 행용총의 장점이 많이 제한되겠지만, 육지전이라면 공성전 빼고는 포를 잘 사용하지 않는다.

조휘는 만 자루의 행용총을 든 왜의 군대를 상상해 봤다.

부르르, 생각하자마자 온몸이 부르르 떨렸다. 딱 한 번 겪었을 뿐이지만, 행용총은 조휘에게 악마의 무기로 인식되어 있었다.

하지만 조휘는 아직 제대로 모르고 있었다. 진짜 무서운 건만 자루의 행용총이 일제히 발사될 때다. 이때가 행용총의 무서움이 가장 확실하게 나타날 때고, 재앙을 불러올 때다.

"하지만 아직 거래는 끝난 게 아니야. 계속해서 거래 중이지. 빌어먹을 해금책(海禁策)만 아니라면 명의 군도 사용할 수 있겠지. 하지만 힘들어. 우리도 상당수 보유 중이지만, 알다시피 우린 해상전 전문이다. 육지에서의 싸움은 거의 경험해 본 적이 없어. 있어 봐야 몇십에서 몇백. 소규모 전투지. 전쟁 같은 경우는 없어."

"그건 저도 마찬가지입니다."

조휘도 전쟁은 경험이 없다. 해안가에서 벌어지는 전투는 치러 본 적이 있지만, 수백을 넘어 수천이 난전을 벌이는 전쟁은 해본 적이 없다는 소리다. 같아 보이지만, 일단 질적으로 달랐다. 그리고 전쟁과 전투. 단어 자체도 다르다. 전투는 기한이 있지만 전쟁은 없다. 어느 한쪽이 무너지거나, 물러날 때까지 끝장을 보는 게 전쟁이다. 그러니 압박감 자체가 달랐다.

"알아. 나도 전쟁은 경험이 없다. 자금력으로 적의 숨통을 자르는 전쟁을 해본 적은 있어도 진짜 전쟁은 나도 해본 적이 없어. 그래서 나는 최대한 인재가 필요한 거야. 부족한 부분을 메우기 위해서."

"다 알겠습니다. 하지만 역시 제 대답은 변하지 않습니다."

"그래? 후후."

이화매 제독은 낮게 웃었다. 맹수가 먹이를 노리는 눈빛을 하고서. 그 눈빛이 서늘하기 그지없어 조휘는 순간 등골이 시렸지만, 이 정도는 이겨낼 담력이 있었다.

"아직 시기는 오지 않았으니, 오늘은 이만하지."

"……."

"적가의 정보는 전역 선물이라 생각하도록."

"그렇다면 감사하게 받겠습니다."

"아, 용강회의 일은 깔끔했더군. 후후후."

"……."

도대체 모르는 게 뭐냐?

등골이 서늘해질 정도의 정보력이다, 진짜.

그렇게 웃고는 자리에서 일어나는 이화매 제독. 몸을 돌려 바로 계단으로 향했다. 그런 이화매 제독의 뒤를 부관이 따랐다. 물론 움직이기 전에 조휘를 한 차례 바라보는 건 잊지 않았다.

두 사람이 시야에서 사라지자,

"후우……."

한숨을 내쉬는 조휘.

정신이… 정신이 날아갈 것 같았다. 고대하던 항주에 도착했더니, 기다리는 건 오홍련의 총 제독과 전쟁이라는 폭탄이었다. 자신이 앞날은 앞으로도 결코 순탄치 않고 사나울 것 같다고 생각했는데, 그 생각이 씨가 되어버렸다.

"빌어먹을⋯⋯."

짜증 가득한 조휘의 욕설이 아무도 없는 공허한 공간에 울려 퍼졌다.

제11장
소산 도착

전쟁? 이 무슨 뜬금없는 소린가. 조휘가 아무리 잦은 전장을 겪었다고 해도 타격대에서의 전투와 전쟁은 아예 다른 개념이다. 단어 그 자체가 가진 힘만으로 불길함을 생성해 낼 정도였다. 그렇게, 달라도 너무 달라 이건 뭐 말로 설명할 필요도 없었다.

쿵쿵쿵쿵!

계단이 무너지는 소리가 들렸다. 안 봐도 뻔하다. 서문영이 올라오는 소리였다. 이 성격 급한 처자는 아마 지금 궁금해 미칠 지경일 것이다. 조휘가 어떻게 오홍련의 총 제독을 알고 있는지.

"진 호위님!"

"……."

"오홍련 총 제독님이랑 친분이 있었어요?"

올라오기 무섭게 조휘에게 날듯이 달려오며 연속해서 말을 퍼붓는 서문영의 모습은 어쩜 저리 예상에서 안 벗어나는지. 그래서 실없는 생각도 들었다.

'저 아가씨처럼 내 인생도 알기 쉬우면 좋으련만.'

그러면 얼마나 대처하기 쉬울까? 생각해 봐라. 그저 복수를 위해 고향으로 돌아온 조휘다. 그런데 근처에 도착했더니 웬걸? 떡하니 오홍련의 총 제독이 기다리고 있고, 전쟁에 대한 언급을 하며 도와달라고 한다.

'이 무슨 처녀 귀신 저고리 풀어 헤치는 소리도 아니고…….'

만약 이화매 제독이 아닌 다른 사람이 했으면 피식 웃고 말았을 것이다. 그만큼 어처구니가 없는 말이었기 때문이다.

현실성이 정말 하나도 없어야 정상인 말이었지만, 말을 한 사람의 위치가 위치인지라 그냥 넘길 수도 없게 됐다.

"진 호위님! 아이, 진 호위님!"

"……."

앞에서 서문영이 마구 떠들어댔으나 조휘의 신경은 그 소리를 아주 간단하게 무시했다. 오히려 거추장스러웠다. 지금 조휘는 생각해야 할 게 너무 많았다. 이화매 제독과는 정상적으로 대화하긴 했지만, 사실 머릿속은 온통 뒤죽박죽이었다.

빠져나갈 것 같은 정신을 부여잡고 있는 중이라 할 수 있었다.

그런데 자꾸 쫑알쫑알, 앞에서 떠드는 서문영 때문에 사고의 진도가 나아가질 않았다. 진 호위님!

빽! 고막을 때리다시피 하며 들어온 그 외침에 하아, 한숨을 내쉰 조휘가 서문영을 바라봤다.

"어떻게 알아요? 네? 아까 그분 진짜 오홍련의 이화매 총 제독님 맞죠? 제가 잘못 본 거 아니죠? 그죠? 꺄아!"

이건 숫제… 우상 숭배 수준이다. 비명까지 내지르는 걸 보니 말이다. 이해 못 할 건 아니었다. 명의 바닷가랑 인접한 현이나 성에서 오홍련이 가지는 힘은 그야말로 절대적이다. 수군은 있지만, 그 규모는 크지 않다. 그런 수군보다 훨씬 더 강력한 독립 사설 함대의 힘으로 명의 바다를 지키는 게 바로 오홍련이다. 또한 이화매는 항주에서는 정말 명망 높은 이씨 세가의 가주이기도 하다.

"하아, 맞습니다. 이화매 제독."

"진짜죠? 진짜? 와! 진 호위님이 어떻게 알아요? 원래 친분이 있던 거예요? 네?"

서문영은 정말 완전 흥분해 있었다. 여기까지 오면서 보여 준 것 중 가장 흥분한 모습이었다. 옥이의 언니가 깨어났을 때보다도 더 좋아하고 있었다. 그때도 팔짝팔짝 뛰면서 좋아하긴 했지만, 지금은 거의 이성을 잃은 수준이었다.

"예전 광주에 들렀을 때 만났던 적이 있었을 뿐입니다."

"에이! 그 정도인데 이렇게 알아보고 찾아와요? 제가 뭘 잘 모르지만, 진 호위님을 찾아온 것 같던데!"

"그건 오해입니다. 우연히 절 보고 찾아온 거라 들었으니까요."

"진짜요? 아닌 것 같은데……."

서문영이 눈을 쭉 째고는 조휘를 노려봤다. 마치 조휘의 표정에서 지금 한 말의 진위를 파악하겠다는 것처럼 보였다.

서문영이 감이 좋긴 하지만, 조휘는 지금 작정하고 모른 척하고 있었다.

이 정도면 사실 다 알려준 거다. 조휘와 이화매 제독의 관계, 인재, 그 자체를 탐하는 자 정도? 그게 끝이었다.

'그렇다고 대화 내용을 알려줄 수는 없지.'

이화매 제독은 그냥 말했지만, 전쟁이란 단어 자체가 잘못 놀리다간 정말 일가(一家)가 멸족을 당해도 할 말이 없는 것이라 이건 절대 말해줄 수 없었다.

피식.

그러다 보니 헛웃음이 나왔다.

'나는 아예 외인 취급을 못 받은 건가?'

자기 사람이라 생각하고 전쟁을 언급했다. 그것도 대략적인 정보까지 전부 알려줬다. 내가 뭐라고? 이게 조휘는 아직도 의문이었다.

칼은 잘 다룬다. 그래서 마도라는 별호는 성격 탓도 있지만 실력도 한몫하고 있었다. 상황 판단력도 나름 좋다. 타격대를 이끌며 몰아칠 때와 빠져야 할 때의 구분은 이미 익혔다. 마지막 인성은… 잘 모르겠다.

조휘는 자기 자신이 피에 젖은 악귀는 아니라고 생각하지만, 그건 자신의 생각이고, 다른 이들의 생각은 또 다를 수도 있다.

그럼 인성은 중간이라 치면 삼박자가 제법 잘 맞아떨어지긴 한다. 하지만 이 정도로.

'내가 그렇게 탐나는 존재인가?'

이런 의문이 드는 거다.

만약 연 백호장 정도였다면 수긍할 수 있다. 더 나아가서 정천호 정도만 되도 좀 갸웃하겠지만 인정할 수 있다. 하지만 이화매 제독은 다르다. 관직도 관직이지만, 오홍련은 몇 번이나 말했지만 실질적인 대명 바다의 패자였다. 중원 대륙 건너에도 독립 함대를 뒀을 만큼 자금력과 함대 자체의 전투력, 정보력은 가히 넘볼 단체가 없을 정도로 막강했다. 그런 오홍련의 총 제독인 이화매가 직접 찾아온 것이다.

했던 말이 맞다면,

'하던 일도 때려치우고 말이지.'

내가 그 정도였던가?

아까는 몰랐지만, 아무리 생각하고 또 생각해 봐도 자신은 그 정도 급이 아닌 것 같았다.

그런데 대체 왜?

"진 호위님!"

"……."

"아, 진짜! 진 호위님!"

"아… 네?"

"제가 몇 번이나 불렀는데!"

"죄송합니다. 잠시 딴생각 좀 하느라."

"이익!"

서문영의 눈매가 앙칼지게 변했다. 하지만 그 정도는 무섭지도 않았다.

"뭐 물으셨습니까?"

"네! 많이요! 아주 많이 물었어요!"

"아, 죄송합니다."

하나도 기억이 안 난다. 아까 대답해 준 이후 또 생각에 잠기는 바람에 서문영의 질문은 조휘의 고막에 닿지도 못했다. 아니, 닿긴 닿았는데, 뚫고 들어오질 못하고 그대로 스러졌다.

"다시 한 번 말씀해 주시겠습니까?"

조휘는 잠시 생각을 접기로 했다. 이유는 딱 하나, 오늘이 마지막이기 때문이다. 이제 곧 해가 지면 서문영의 호위는 공식적으로 끝이 난다. 그럼 더 이상 만날 일은 없을 것이다. 아마도. 그러니 마지막 배려를 해주려는 거다.

"안 해요!"

"알겠습니다."

"윽!"

안 한다니까, 알겠다고 대답하니 거기에 또 발끈하는 서문영이다. 역시, 상행 한 번으로 철이 들기에는 무리였다. 요 근래 좀 들었나 했더니, 든 척한 것 같았다.

"무슨 얘기를 했는지 알려주면 안 돼요?"

"그건 안 됩니다."

"아, 왜요!"

"제가 아닌 제독의 명예가 걸려 있어서 말입니다."

"아……."

사실은 알려주는 것 자체가 폭탄을 품에 안기는 것과 마찬가지다. 만약 말해줬는데 철없는 이 아가씨가 어디 가서 퍼뜨리면? 폭탄은 뻥 하고 터지는 거다. 저 소리가 관(官)에 들어가는 순간 뢰주 상단 자체는 풍비박산이 날 것이다. 전쟁이란 단어는 그만큼 무시무시하다. 유언비어 유포, 특히 전쟁, 역모와 관련된 유언비어는 즉각 처분이 가능할 정도로 무섭게 다뤄진다.

그래서 폭탄이라는 거다. 일가족을 몰살시켜 버릴 폭탄 말이다. 그러니 절대로 말해줄 수 없었다.

만약 조휘가 뢰주 상단에 앙금이 있었다면? 이런 걸 이용해서 단박에 뢰주 상단을 몰살시킬 수도 있을 정도다. 이화매 제독과 조휘가 나눈 대화는 그럴 만한 힘이 충분하다 못해 넘쳤다.

"그럼 얘기해 줄 수 있는 대화는 없어요? 밑에서 주변 사람들이 하는 말을 대충 들었는데요, 이화매 제독이 직접 누군가를 찾아가는 경우는 하나라던데요?"

"그 하나가 뭡니까?"

"인재 영입이요."

"인재 영입이라……. 뭐, 틀린 말은 아닙니다."

오히려 정답이었다.

이화매 제독이 찾아온 이유, 조휘가 항주에 들어왔다는 사실을 보고받고 나서 즉각 움직여 찾아왔을 정도니까.

"와! 진짜요? 제독님이 진 호위님을 영입하려고 했어요?"

"네."

"우와……!"

짝!

서문영은 손뼉까지 치며 놀라워했다. 사실 이화매 제독의 행보 자체는 비밀에 부쳐진 게 없었다. 노리는 적도 있지만, 워낙 강단 있게 움직이는 사람이었다. 그리고 움직이면 꼭 하나씩 꼬리를 더 달고 돌아오는데, 그게 모두들 인재 영입의 결과라고들 알고 있었다. 그리고 전부, 그 지방에서는 나름 칼좀 쓰고, 신망도 좀 있는 이들이 대부분이라고 했다. 조휘도 여러 번 들어봤다.

"진짜! 진짜 오홍련에 들어오라고 했어요?"

"네."

"와… 그래서 뭐라고 했어요? 들어가겠다고 했어요? 네? 당연히 그러겠다고 했겠죠? 와, 진 호위님 대단하다! 마도의 위명이 대단한가 봐요! 제독님이 직접 찾아올 정도니까!"

"아하하."

짧게 웃고 마는 조휘였다. 조휘는 슬슬 시각됐다고 생각했다. 지금 당장 애기하긴 그렇지만, 적당한 시기에 말을 꺼내야겠다고 마음먹었다.

"했죠? 허락했죠?"

"아니요, 거절했습니다."

"네? 어, 어어? 왜요? 왜요! 오홍련인데? 다른 곳도 아니고 그 오홍련인데!"

"제가 가고 싶은 곳도, 길도 아니라서 말입니다."

"그, 그게 말이 돼요? 남들은 들어가고 싶어도 못 들어가는데!"

"제가 남들과는 좀 다른 삶을 살고 싶어서 그럽니다."

"와… 진짜 거절했나 보네요……."

"지금까지 제가 거짓말을 했던 적이 있었습니까?"

"없었죠. 그래서 더… 충격이에요."

그러더니 서문영은 혼자 구시렁거렸다. 대놓고 들으라고 구시렁거리는 거라 조휘의 귀에도 똑똑히 들렸다. 대충 요약하면, 나도 들어가고 싶은데, 내 꿈이 오홍련의 제독인데, 등등이었다. 해안가와 맞닿은 곳에서는 정말 너무나 유명하다 보니 이런 서문영의 생각은 그리 이상할 것도 없었다.

조휘는 난간 밖으로 시선을 돌렸다. 시각은 어느새 흘러, 해는 서산에 도착해가고 있었다. 덩달아 거리에는 등(燈)이 줄줄이 내걸렸다. 그렇게 등이 내걸리며 항주의 또 다른 얼굴이 나올 준비를 하고 있었다.

고개를 숙이고 아직도 중얼거리는 서문영에게 조휘는, 준비해 뒀던 단어를 꺼냈다.

"이제, 제 임무는 끝난 것 같습니다."

"……."

그 말에 번쩍, 서문영의 고개가 올라왔다. 그러더니 눈빛이 이리저리 마구 흔들렸다. 거친 풍랑 앞에 선 돛단배가 떠오를 정도였다. 너무 급작스럽긴 했다. 하지만 조휘가 할 줄 아는 이별은 이런 것밖에 없다. 다른 이별은 해본 적이 없었다. 그냥 때가 되면 바로. 그렇게밖에 할 줄 몰랐다.

미적거리면 미련만 남고, 미련이 남으면 발걸음이 무거워진다. 그건 조휘의 방법이 아니었다.

"그럼, 다음에 인연이 된다면."

"어, 어?"

드르륵.

그 말을 끝으로 조휘는 짐을 챙겨 자리에서 일어났다. 자,

잠깐만요! 하는 소리를 등지고 계단을 내려가는 조휘의 손에
는 풍신과 이화매 제독이 전역 선물로 준 '죽간'이 잡혀 있었
다. 그길로 조휘는 미련 없이 객잔을 나서, 항주의 또 다른 얼
굴 속으로 스며들어, 사라졌다.

*   *   *

소산.

항주에서 딱 하루 거리의 현이다. 이름처럼 작은 산이 있는
현은 물론 아니고, 소산의 생계는 전부 항주라는 거대한 성에
서부터 시작된다. 항주는 문물만 봐도 알 수 있겠지만 상단
간의 거래가 정말 활발한 곳이다. 소산은 그런 항주에 기점을
둔 상단의 거래 창고 관리로 보통 먹고산다.

그렇다고 가난한 현은 절대 아니었다. 거래의 양이 엄청나
서, 소산에 있는 창고만 해도 천 개 이상일 정도인지라 이곳에
서 관리 일만 해도 넉넉하게 가정을 꾸려나갈 수 있었다.

또 그렇다고 소산현의 사람들 전부가 창고에서 일하는 건
아니었다. 어업이나 농업에 종사하는 사람들도 분명히 있었
다. 해안가로만 가도 어업에 열중인 배를 수십, 더 나아가면
수백 척이나 볼 수 있는 곳이 또 소산이었다.

그런 소산에 도착한 조휘는 바로 객잔부터 잡았다. 집이 없
으니 쉴 곳은 당연히 객잔밖에 없었다. 대충 끼니를 해결한 조

휘는 바로 방에 틀어박혀 이화매 제독이 건네준 죽간을 펼쳤다.

소산적가.

이들은 창고 관리를 통해 부를 축적하고 있다. 이화매 제독이 건네준 죽간에는 분명 그렇게 적혀 있었다. 그리고 그건 조휘가 알고 있는 사실이기도 했다. 적가에 대한 정보는 상세했다. 현 소산에서 적가의 위치, 자금 보유량, 가내 무인, 적가가 운영하는 창고의 개수, 창고의 위치, 창고를 담당하는 인물 등등, 조휘가 알고 싶은 건 전부 있었다. 특히 그중 가장 알고 싶은 정보도 있었다.

가주 적운양.

총관 방원.

장남 적무영.

이 세 놈의 정보도 상세하게 적혀 있었다. 조휘는 새삼 오홍련의 정보력에 치를 떨었다. 하긴, 조휘가 오며 용강회를 해체한 것까지 알고 있던 이화매 제독이다. 조휘에 대한 정보는 거의 실시간으로 이화매 제독에게 전달된 게 분명했다. 그 정도의 정보력이니 적가를 알아내는 것 따위는 식은 죽 먹기였을 것이다. 오홍련에 대한 생각을 접고, 조휘는 이 셋에 대한 정보를 꼼꼼히 살폈다.

그리고 마지막 글귀에서 입술을 살짝 깨물었다.

"적무영 이 개새끼……."

깨물었던 이가 벌어졌고, 입술도 같이 벌어지며 욕설이 튀어나왔다. 살기가 잔뜩 섞인 욕설이었다.

적무영, 조휘의 집안이 작살나게 한 원흉인 그 새끼가 지금 소산이 없었다. 명의 테두리 안에도 없었다. 왜국의 어떤 곳에 나가 있다고 적혀 있었는데, 정확한 지명까지는 나와 있지 않았다. 이래서는 안 된다. 적무영, 그 새끼는 반드시 목을 따야겠다고 단단히 마음먹은 조휘다.

그놈의 목이 없이는 복수를 해도 한 게 아니라고 생각할 정도였다. 그렇게 중요한 놈이 없다. 어디 내륙 안에 있는 것도 아니고, 아예 다른 나라에 가 있다고 한다. 그러니 조휘의 속이 뒤집히는 건 당연했다. 조휘는 일단 마음을 진정시켰다. 적무영이 돌아올 때까지 기다릴 수도 없는 노릇이었다.

언제 돌아올 줄 알고?

그렇다면 차라리,

'일단 두 놈.'

적가의 가주와 총관부터 조진다.

생각해 보니 그것도 나쁘지 않았다. 두 놈을 작살내면, 적무영이 어쩌면 돌아올지도 모른다는 생각이 들었다.

가주가 죽었으니, 그 위(位)는 공석이 될 것이고, 공석이 된 자리에 앉으려면 당연히 돌아와야 할 것이다. 그래도 장남이니까 연락통은 있을 것이다. 좋다. 방향을 정한 조휘는 일단 첫 번째 목표부터 설정했다.

당연히…

'방원.'

총관부터다.

적가의 총관 방원. 어머니에게 호되다 못해 죽을 정도의 매질을 하게 한 놈이다. 그리고 그 매질 때문에 어머니는 시름시름 앓다가, 얼마 버티지 못하시고 세상을 뜨셨다. 어머니는 연약하신 분은 아니었다.

조휘의 기억에 어머니는 억척스러움이 있었다. 강단도 있었다. 사내로 태어났어도 성공했을 거라는 주변 지인들의 대화도 들은 기억이 있었다. 정신은 물론 육체도 결코 연약하지 않으셨던 어머니가 돌아가실 정도의 구타면, 웬만한 사내도 죽을 정도로 때린 것과 마찬가지다. 이걸 방원, 그 개자식이 시켰다.

'어떻게… 작업해 줄까?'

조휘는 속으로 답하지 않을 질문을, 있지도 않은 방원에게 던졌다. 당연히 돌아오는 답은 없었다.

쿵, 쿵쿵쿵!

흥분 때문일까?

희열? 드디어 복수할 수 있는 시간이 왔다는 것 때문에? 어떤 것이든 상관없었다. 조휘는 점점 격렬하게 뛰기 시작하는 심장의 박동을 그냥 즐겼다. 이번만큼은 억지로 내리누르지 않았다. 이 순간을 순순히 즐겼다.

정신적으로 뭔가 '이상'해짐을 느끼고 있지만, 그 마저도 막지 않았다. 조휘는 정말 오래 기다렸다. 벼르고 별렀다. 이 순간을 위해 악착같이 살아왔다고 해도 과언이 아니었다. 정말로 꿈에도 그리고 그리던 순간이다.

씩.

입가에 지어지는 미소는 소름 끼치도록 살벌했다. 하지만 그래도 조휘는 즐거웠다. 쿵, 쿵쿵쿵! 심장 박동이 조휘의 현 심리 상태를 적나라하게 대변했다. 조휘의 시선이 다시 죽간으로 향했다. 정확하게는 방원에게로 향했다.

'뭐부터 시작할까?'

방원.

'아침에 일어나 가볍게 몸을 풀고, 아침을 먹고 난 이후 적가를 나선다. 첫 번째 행선지는 적가가 관리하는 창고다. 창고의 개수가 꽤 많지만 전부 도는 건 아니고, 중요 물품을 보관하는 창고만 둘러본다.'

상세하다.

역시 오홍련의 정보력이다.

조휘는 인정해야 했다. 이화매 제독이 남겨주고 간 이 정보 때문에 자신의 복수가 한결, 아니 엄청나게 수월해졌다는 사실을.

조휘도 막무가내로 일을 저지르는 성격은 아니었다. 보고 배운 게 있어서, 몸에 익은 게 있어서 확실하지 않으면 잘 움직이지 않는다. 그래서 사실 조휘도 타격대에 있을 때 준비를 하긴 했었다. 하지만 그 준비보다 지금 이 죽간 하나가 훨씬 도움이 됐다.

조휘는 계속해서 읽어갔다.

'이후 점심을 먹고 오후에는 거래처 사람들을 만나고, 적가로 복귀. 복귀 후 가주에게 하루 일과를 보고, 저녁을 먹고 다시 나와… 향락을 즐긴다.'

주색잡기.

방원은 그런 놈이었다. 일 처리도 잘하지만, 소산에서는 알아주는 호색한이기도 했다. 힘을 이용해 원하는 여인을 막 손에 넣어 주무르는 파렴치한 짓까지 서슴없이 저지르는 놈이었다. 그런데도 멀쩡히 살아 있는 건, 이곳 소산에서만큼은 적가의 힘이 아주 강력했기 때문이었다.

이런 놈들은 조휘가 진짜 싫어하는 부류였다. 증오하고, 경멸하는 부류였다. 잘됐다. 오히려 복수의 불이 더 활활 타오르는 원동력이 되고 있으니까.

'이런 일과에서 크게 벗어나는 일은 없다는 소리지……'

가끔 저녁 이후를 즐기지 않을 때도 있다고 하지만, 보통은 즐긴다고 첨언으로 적혀 있었다. 게다가 이때는 혼자 움직인다.

방원 자체가 검을 좀 쓴다고 한다. 웬만한 무인과 이 대 일로 싸워도 밀리지 않을 실력이라고 적혀 있지만, 그 정도는 조휘에게 아무런 문제도 되지 않았다. 여기서 이렇게 사는 놈과 조휘는 질적으로 다른 삶을 살아왔으며, 그 다른 삶은 무력의 차이를 극명하게 갈라놓았다. 당연히 조휘 쪽이 위다.

위여도 한참이 위였다.

아침마다 몸을 푼다고 나와 있긴 하지만, 그건 그냥 몸풀기였다. 실제로 자신의 수준을 향상시키기 위한 수련은 아니었다. 그래도 몸을 푼다는 것 자체에는 나름 신경을 쓰고 있지만, 그럼 뭐 하나.

밤마다 주색에 빠져 사는데.

'겨우 주독이나 빼자고 하는 운동.'

조휘는 생각해 봤다.

일반적인 무인과 이 대 일로 싸워도 버틴다고 한다. 그럼 조휘는 그 일반적인 무인 둘을 얼마 만에 제압할 수 있을까?

위지룡이 말하길,

'타격대의 정예 정도면 강호에서 무인 행세를 할 수 있다고 했지.'

그런 위지룡의 말이 사실이라면,

'길어야 반각.'

타격대의 정예 둘이면, 조휘는 반각이면 승부를 볼 자신이 있었다. 자만이 아니었다. 실제 수없이 훈련을 위해 이 대 일, 삼 대 일, 사 대 일의 살벌한 대련을 했었다. 사 대 일까지는 제압할 수 있다. 하지만 오 대 일은 시간이 좀 걸리고, 여기서 하나 더 늘어나면 방어 위주로 나가야 했다.

그렇다면 방원을 제압하는 데는?

'반각도 길어.'

비슷하더라도 둘을 상대하는 것보다 하나를 상대하는 게 더 쉽다. 신경이 분산되지 않아 온전하게 무력을 행사할 수 있기 때문이었다. 결국 집중력의 차이라는 소리였다. 장소만 확실하다면 조휘는 방원을 순식간에 끝장낼 수 있다. 이건 오만이 아닌 자신이었다.

'이게 끝은 아냐. 아직 더 생각해야 된다.'

무력의 차이의 확인을 끝냈다고 해도, 준비가 전부 끝난 건 아니었다. 오히려 더 많았다. 첫 번째, 장소가 필요했다.

조휘는 방원의 목을 바로 딸 생각이 없었다. 고문? 할 생각이었다. 용강에게 했던 것보다 더 잔인하게. 더 처절하게 울부짖게 만들 생각이었다. 그렇다면 뭐가 필요할까? 장소가 필요하다. 방원이 자지러지게 소리쳐도 그 누구도 들을 수 없는 곳, 소음이 퍼져 나가도 결코 주변에 사람이 있지 않아야 하는 곳. 그런 장소가 필요하다.

둘, 장비가 필요하다. 일단 정체를 들켜서는 안 되니 복장을 준비해야 하고, 풍신은 너무 눈에 띄니 또 다른 무기를 구해야 했다. 납치할 장소에 따라 풍신처럼 도를 선택할 것인지, 아니면 용강회에서 썼던 단도류의 무기를 구할 것인지.

더 있다.

고문에 필요한 도구.

이건 필수였다.

피를 흘리면 지혈할 약재와 흘린 피를 보충해줄 약재가 필요하다. 오래오래… 할 생각이니까.

'똑같이 해줄게. 우리 어머니에게 했던 것처럼.'

이게 방원에게 적용할 복수다.

조휘는 이런 고문도 적가 자체를 흔들기 위해서는 필수라 보았다.

총관이 사라지면? 적가는 분명 내부에서부터 혼란이 시작될 것이다. 보니까, 소산 쪽은 전부 방원이 관리하고 있는데, 이런 방원이 사라지면 인수인계를 받은 이가 없다 보니 혼란은 필연적으로 찾아올 것이다. 이 혼란은 그대로 틈을 열 것이고, 이때 가능하면 조휘는 가주까지 처리해야겠다고 생각했다.

마음 같아서는 적가의 사업체와 창고를 전부 뒤집어버리고 싶지만, 적가가 가진 창고와 사업체의 규모는 제법 커서, 전부 끝내려면 하루에 몇 개씩 해도 한 달은 넘을 것 같았다. 이 기간이면 어쩌면 정체가 들통날지도 모르니, 두 사람만 일단 잡아 족칠 생각이었다. 어쨌든 계획을 실행하려면 장소와 도구가 필요하다. 내일부터는 밀품을 팔아 이 모든 걸 준비해야 했다. 몸이 근질근질해 미쳐 버릴 지경이지만.

'참아야지……'

씩.

살소 섞인 웃음을 지어가며 참아내는 조휘였다.

君子復讐 十年不晚.

　군자복수 십년불만이라, 군자의 복수는 십 년이 걸려도 결
코 늦지 않다는 말. 지금 조휘가 속으로 되뇌기 시작한 단어
였다. 비록 조휘가 군자는 아니었지만, 아무렴 어떤가. 조휘도
십 년을 참았는데.

　하지만 이 이상은 늦출 생각이 절대 없었다.

제12장
복수 준비

다음 날부터 조휘는 바로 움직였다. 먼저 찾을 곳은 작업 장소였다. 조휘는 소산현 안에서 찾을 생각은 아예 버렸다. 현 안에서는 아무리 외진 곳을 찾는다 하더라도 걸릴 확률이 너무나 높았다. 그래서 현 외로 움직였다.

현 안에만 창고가 있는 건 아니었다. 이곳에서 상단이 보관하는 물품의 양은 엄청났다. 당연히 창고의 수도 많은데 그게 전부 안에만 있으면? 물건들이 들어왔다 나갔다 하면서 현은 아예 엉망이 될 것이다. 그래서 중요 물품을 보관하는 창고가 아니라면 보통 전부 현 외에 있었다. 하지만 현 외라도, 아무 곳이나 잡아서는 안 되는 걸 잘 아는 조휘다. 아예 외진 곳,

비명이 터져도 근방에 사람의 왕래가 없는 곳이라야만 했다. 최대한 조심, 또 조심해야만 한다.

적가의 무인 수준은 크게 높지 않지만, 양이 많다. 이놈들이 떼로 몰려오면 아무리 조휘라도 위험할 수밖에 없었다.

그러니 차라리 아예 그런 일이 일어나지 않게 미리 차단하는 게 최고다. 그런 마음에 현 외에 있는 창고를 뒤집고 다녀보지만,

"아이고, 죄송합니다. 저희 창고는 이미 예약이 끝났습니다."

"아, 그렇습니까."

"이거 죄송해서 어쩝니까? 다음에 꼭 찾아주십시오! 그땐 제가 오늘 일을 생각해서 싸게 대여해 드리겠습니다!"

"감사합니다. 그럼."

그렇게 대화를 끝내고 조휘는 등을 돌렸다. 벌써 여섯 군데째였다. 아침 댓바람부터 움직여 해가 중천에 뜨기까지 구석진 곳을 돌며 창고주들을 만났지만 전부 예약이 되어 있거나, 창고가 아예 차 있었다.

보통 이런 외진 곳은 선호하지 않는다. 경비가 잘 안 되기 때문이다. 대여비가 싸다는 장점이 있지만 경비가 부실하다는 점은 아주 쉽게 장점을 넘어섰다. 하지만 그럼에도 차 있는 이유를 조휘는 잘 안다.

상단의 자금력이 약해 저렴하게 창고를 빌려야 하는 경우이

거나, 아니면 이목이 닿아서는 안 되는 물건이 들어서 있거나. 하지만 그 어느 쪽도,

'나랑 상관없지.'

조휘와는 상관없었다.

저 안에 아편이 숨겨져 있든, 밀수품이 있든, 병장기가 있든 조휘와는 직접적인 연결 고리가 없었다. 용강회의 일은 서문영이 개입했고, 모녀의 상태를 보고 조휘도 마음을 굳게 먹었기에 일어난 일일 뿐이었다. 그리고 그만큼 조휘의 삶에선 희귀한 경우이기도 했다. 지금 이 순간, 다시 용강회 같은 일이 벌어진다고 해도 조휘는 무시할 것이다. 반드시 우선시되어야 하는 과제가 떡하니 있었기 때문이다.

중천에 해가 걸리니 조휘는 배가 출출해짐을 느꼈다.

조휘는 일단 현 쪽으로 발걸음을 옮겼다. 아예 현까지 가려는 생각은 아니었다. 창고가 현 외에도 많아서 가판 형식으로 음식을 파는 곳이 많았다. 인부를 대상으로 장사를 하는 것이다. 나오면서 이미 확인까지 했다. 조휘의 목적지는 그곳이었다.

반 시진 좀 안 되게 걸으니 가판이 보였다. 가판은 만원이었다. 하지만 넓은 들판이 있으니 먹을 곳이야 사방에 널려 있는 것이나 다름없었다. 가장 손님이 많아 보이는 곳에 가서선 조휘는 일단 음식을 시켰다.

"소면 하나 말아주십시오."

"조금 기다려."

조휘의 말에 좀 퉁명한 목소리로 대답하는 주인 할머니.

세월의 흔적이 역력하지만 입가에는 말투와는 다르게 작은 미소가 그려져 있었다. 소면은 빨리도 나왔다. 모닥불에 올려 놓고 끓이는 물에 면을 삶아 나무 그릇에 담고, 바로 그 옆의 육수를 부은 다음 고명을 얹어 조휘에게 주었다.

"열 개여."

"여기 있습니다."

저전 열 개를 건넸다. 지나치게 싼 게 아닐까 싶었지만, 주인이 정한 가격이다. 조휘가 뭐라 할 게 아니었다.

"못 보던 얼굴인데?"

"유람 중입니다."

"그랴?"

그 말을 끝으로 주인은 다시 제 할 일을 시작했다. 조휘도 등을 돌려 적당한 곳에 앉았다. 잘 닦인 도로 쪽이었다. 지나 다니는 마차가 없으니, 전경을 보기에는 여기가 딱이었다.

후룩, 국물은 괜찮았다.

후루룩.

면도 괜찮았다.

저전 열 개짜리치고는 정말 나쁘지 않았다. 주인 할머니의 솜씨이리라.

순식간에 국물까지 비운 조휘는 포만감을 느끼며 다시 주변을 살폈다. 왁자지껄 떠드는 소리가 들렸다. 거리가 멀지 않은지라 그 소리들은 전부 조휘의 귀로 들어왔다. 사람 많은 곳은 정보가 뒤따르기 마련이다.

저 멀리 반짝이는 수평선을 보는 척하며 조휘는 귀를 활짝 열었다. 일단 가장 많이 나오는 얘기는 일에 대한 것이었다. 자신들의 일, 그러니까 옮기는 짐 말이다. 이번 물건은 상태가 좋네 마네, 이번 품삯은 좋네 마네 등등 이런 얘기들이었고, 그다음으로는 당연히 여자 얘기였다. 어디의 언년이 그렇게 고름을 잘 푸네, 또 어디의 누구는 그렇게 악기를 잘 다루네, 그때 갔던 데 다시 한 번 가보고 싶네 등등, 건장한 사내끼리 모이면 필연적으로 나오는 얘기이니 이것도 그다지 영양가 있는 대화는 아니었다.

'별것 안 나오려나?'

하긴, 벽 한 번 찍는다고 금덩이가 떨어질 일은 확률적으로 따져도 일 할보다 훨씬 적었고, 그 아래로 쭉쭉 내려가야 할 것이다. 좋은 정보가 비싼 이유는, 그만큼 희귀하고, 누구도 모르기 때문이다. 그 반대로 따지면 민간에 널리 퍼진 정보는 정보 취급도 받지 못했다. 그렇게 좀 더 듣다가 일어서려는데,

"자네, 그거 들었나?"

으레 그렇듯, 몰래 속삭이는 말로 대화는 시작된다. 그러니 조휘는 당연히 일어나려다 말고 다시 엉덩이를 풀밭에 붙였다. 시선은 당연히 저 먼 바다에 고정된 채 움직이지 않았다.

이것도 약간의 경험과 조언으로 안다. 타지 사람이 들어서면 그 행동거지 하나하나를 꼭 눈에 담는 것들이 있다. 게다가 조휘는 지금 풍신을 지니고 있는 상태. 무인의 행동은 바로바로 눈에 들어간다.

자신의 소문이 만약 퍼진다면 분명 이런 놈들의 입에서 시작될 것이다.

"뭘 말인가?"

"오홍련의 제독이 또 거하게 움직였다는데?"

"오홍련의 제독? 어떤 제독? 두 잎? 세 잎?"

"첫 번째!"

"허어, 어인 일로? 어디로?"

"항주. 또 총 제독이 찍은 먹이가 나타난 모양이야."

솔깃한 정보였다.

'아……'

진짜 조휘의 입장에서는 솔깃하지 않을 수가 없었다. 왜냐고? 조휘 본인과 관련된 대화였기 때문이다. 이화매 제독과 만나고, 서문영과 헤어진 게 엊그제다. 어제 소산에 도착했으니까. 그렇다면 지금 시각까지 따져본다면 딱 이틀 지났다. 이화매 제독과 헤어진 지 말이다. 근데 벌써 소문은 소산까지 내려왔다.

빠르다고?

빠르지도, 느리지도 않았다.

어제 퍼져도 이상하지는 않았으니까. 다만 어제 본격적으로 퍼질 준비가 끝났고, 오늘 제대로 터지는 중일 거다.

"허, 그 깐깐한 제독이 움직였으면 꽤나 대단한 이였겠어? 혹시 이름 알어?"

"모르지. 둘이 독대했다니까. 듣기로는 그 독대한 상대가 뢰주? 래주? 그 머시깽이 상단이랑 같이 있었다는데 그거 가지고 어떻게 알겠어?"

"특징은 없고?"

"특징은… 도? 긴 왜도를 차고 있었다는데?"

"왜도?"

"그 왜, 왜구 놈들이 쓰는 칼!"

"아아, 왜 그딴 걸 써? 좋은 중원도 납두고?"

"내 말이. 그런데 실력 하나는 기가 막힌 모양이야? 천하의 오홍련 총 제독이 직접 움직였으니."

"그야 그렇겠지. 깐깐하기로 소문난 총 제독 아녀."

"흐흐, 그렇지. 근데 이번엔 그리 이름난 사람은 아닌가 봐. 딱 보면 알아차릴 정도는 아니니까."

"그래도 한칼 하겠지. 언제 제독이 헛방 논 적 있나?"

"없지, 없지! 그래서 우린 좋고! 하하!"

"맞아. 우리야 좋고말고. 하하하!"

좋다는 건 분명 자신들의 위험해질 확률이 더 줄어들어 좋다는 의미일 것이다. 이 대화는 이미 주변 모두가 귀를 쫑긋

열고 들었다. 눈동자만 돌려 주변을 살펴보니 그랬다. 개중에
는 더 혀 봐, 더 아는 거 없어? 하며 재촉하는 사람들도 있었
다. 하아, 속에서 내색할 수 없는 한숨이 푹 나왔다.

'이건 악재군.'

도움이 되는 게 아니었다. 정보는 정보고, 이건 이거다. 이
화매의 행동으로 조휘는 화제의 중심에 서 버렸다. 외모야 들
어보니 알려지지 않은 것 같은데, 문제는 풍신의 존재가 들켰
다는 것이다. 왜도의 형식을 그대로 따고 있고, 그래서 외형부
터 특별했다. 도집에 들어가 있긴 하지만 풍신의 도집 자체가
왜도를 납도하게 만든 터라, 일반 도집과는 확실히 차이가 났
다. 폭이 좁다는 소리다.

중원의 도와는 너무나 달라서 금방 눈에 들어온다. 아니나
다를까, 몇몇 사람이 자신을 바라보는 게 느껴졌다. 조휘가 이
곳으로 올 때 이미 풍신을 본 것 같았다. 하지만 조휘는 꿈쩍
도 안 했다.

바다에 시선을 주고, 눈동자를 아예 확 고정시켰다. 여기서
괜히 튀는 행동을 했다가는 더욱 의심을 받는다는 것을 알았
다. 자신의 존재가 이미 화제의 중심에 섰다. 아직 들통은 안
났지만 들통 나는 순간 행동에 제약이 생김은 당연했다. 그런
일만큼은 피해야 하는 조휘였다. 이화매와의 만남은 조휘에게
복과 화를 반반씩 나눠 던져 줘 버렸다.

'역시 세상 참 쉽지 않아.'

물론 조휘라고 쉽게 적가의 복수가 이루어질 것이라 생각하진 않았다. 세상 그렇게 호락호락한 게 아니라는 걸 조휘는 이미 옛날에 깨달았다. 당연히 고난은 있을 거라 생각했는데, 이런 식으로 터질 거라고는 상상도 하지 못했다.

　멍하게 보이는 눈빛으로 한참을 바다를 바라보고 있자 점심시간이 끝났는지 인부들이 하나둘 일어났다. 그래서 조휘도 슬슬 움직이려는 찰나,

　"근데 거긴 아직도 지랄이라지?"

　"그래, 뭔 귀곡성이 날마다 울린다고……. 근데 그게 거짓말도 아닌가벼. 춘삼이가 갔다가 까무러쳤다던데?"

　"진짜로? 히야, 진짜 귀신이 나오긴 나오나 봐? 너도 혹여 가지 마라? 갔다가 정신 나간 놈이 한둘이 아니라니까!"

　"안 가! 내 미쳤다고 거길 가나?"

　지랄?

　귀곡성?

　가지 마?

　미친놈들이 한둘이 아니야?

　'이것 봐라?'

　이건 조휘가 원하는 정보에 거의 근접해 있었다. 그 두 사람은 거기까지만 얘기하고 일어났다. 그릇을 반납하고 다시 일터로 가버려서 조휘는 좀 아쉬웠지만, 이미 정보는 다 나온 상태였다.

조휘도 일어나서 그릇을 반납하고, 이번에는 산이 아닌 현으로 걸음을 옮겼다. 그래서 볼 수 없었다. 일터로 가던 두 사람이 힐끔, 고개를 돌려 조휘를 한 번 확인했음을. 그리고 당연히 볼 수 없는 게 하나 더 있었다. 그들의 옷 속, 오른쪽 가슴에 적나라하게 새겨진 붉은 홍련 잎도.

오홍련의 총 제독, 이화매의 인재욕이 탐욕급이라는 말이 과연 허언이 아님이 증명되는 순간이었지만, 조휘는 그것도 모르고 소산현을 향해 걷고 있을 뿐이었다.

                    *   *   *

호화로움과는 아예 거리가 먼 집무실. 오직 필요한 것들만 들이 차 있는 딱딱한 방에서 이화매는 오늘도 업무를 보고 있었다. 그런 이화매의 앞에는 조휘와 만날 때도 함께했던 예의 갑주 차림의 부관이 있었다.

"전달됐습니다."

"그래?"

"네, 제대로 마도가 들었다고 합니다. 믿을 만한 녀석들로 실행했으니 확실할 겁니다."

"좋아. 후후후."

"하나 여쭤봐도 되겠습니까?"

"해."

"왜 마도를 이리 도와주시는지 궁금합니다."

나이는 이미 불혹은 물론 지천명(知天命)까지 넘긴 것 같지만, 목소리에는 힘이 꽉 들어차 있었다. 부관은 이화매가 오홍련의 총 제독에 취임하기 이전, 전대 총 제독부터 함께했던 믿음직한 이다. 본래는 명의 중앙군 소속이었지만, 환멸을 느끼고 나와 오홍련의 주축 가문인 이씨세가에 투신한 양희은(楊希恩)이란 이름과 과거를 가지고 있었다.

그런 양희은은 처음 봤다.

이화매가 이렇게 대놓고 침을 흘리고, 도와주는 자는. 인재 욕심이 엄청나다는 거야 이미 잘 알고 있는 부분이지만, 이렇게까지 하는 건 처음 본 것이다.

"후후."

양희은의 질문에 이화매는 그저 웃음만 흘렸다.

"보기에는 우리 오홍련에 들어올 것 같진 않습니다. 적가의 복수가 끝나도 말이지요."

"그래, 아마 안 오겠지. 내가 도와줬다는 걸 말해줘도 올 사람이 아니야. 마도 진조휘는 그런 자야."

"그런데 왜 이렇게까지 하시는지 모르겠습니다."

"그렇기 때문에 하는 거야."

그리 말하고 다른 해역에서 들어온 지난 달 매각, 판매, 총 수입 내역을 내려놓고는 양희은을 바라보는 이화매 제독.

"희은, 그대가 말한 것처럼 이렇게 도움을 줘도 안 넘어올 놈이지. 마도 진조휘, 마음이 동하기 전에는 그 어떤 걸로도 품을 수가 없어. 그렇기 때문에 탐이 나는 거야."

"……."

"가질 수 없어서가 아니라, 가질 수만 있다면 절대 배신하지 않고, 정말 어떤 작전도 믿고 맡길 수 있을 동료가 생기는 거야."

"그를 그 정도로 평가하십니까?"

"물론, 백병전은 물론 일대일 장군전, 기습 작전까지 모든 작전을 맡길 수 있지. 여차하면 함장을 맡길 수도 있어. 백경, 그 놈 밑에서 제대로 배웠을 테니까. 희은, 봐봐. 우리도 동료는 많지만 저렇게 모든 자리를 맡길 수 있는 동료는 없어. 그대나 나는 함장과 정치 쪽이고, 이안과 유키는 백병전, 일대일에 능해. 하지만 기습은 약하지. 잠은 애초에 척후가 뛰어나. 다른 건 다 별로고. 이화는 말할 것도 없고. 그렇다고 다른 해역에 있는 동료를 불러 올 수도 없지. 이런 상황에 마도 진조휘의 능력은 반드시 필요해."

"음……."

긴 이화매의 설명에, 양희은은 낮은 탄성을 흘렸다. 양희은은 조휘를 그 정도로 평가하지 않았기 때문에 재차 조휘에 대한 정보를 떠올렸다. 그런 양희은을 보며 이화매는 낮게 웃었다.

"날 믿어. 아니면 설마 내 눈을 못 믿는 거야?"

"믿습니다. 하지만……."

"희은, 그는 특별해. 어쩌면 나만큼이나."

특별하다는 말에 양희은의 눈이 좀 커졌다.

"그 정도입니까?"

"그래, 내 감이 말하고 있어. 그는, 뭔가 큰 역할을 할 이라고. 잡으라고. 처음 소문을 들었을 때는 단순히 영입 대상으로 생각했지만, 조사와 함께 직접 만나보고 나서 생각이 바로 변했어. 그냥 단순한 영입 대상이 아니라, 반드시 잡아야 할 동료라고."

"제독의 감이 그렇다면 수긍해야겠군요."

"후후, 지금 당장은 진조휘의 힘이 필요하진 않지만, 이제 곧 필요해질 거다. 비선에서 들어오는 연락들은 희은, 그대도 들었지?"

"네."

"슬슬 일어날 거야."

이화매 제독이 이끄는 오홍련. 그 오홍련의 비선은 중원 전역은 물론 왜(倭)국에도 그 끈이 닿아 있었다. 그 비선들을 통해 요즘 들어오는 정보는, 가히 일촉즉발(一觸卽發)이다. 멍청한 당금의 황실은 잘 모르는 것 같지만, 이화매는 이미 전쟁은 기정사실로 받아들이고 있었다. 얼마 전 왜국의 사신이 조선으로 떠났다고 들었다. 이화매는 그 사신이 전쟁에 불씨를 당기는 역할을 맡았다고 판단했다. 솔직히 이러한 자신의 생각이 틀리기를 바라고 있지만, 어째 틀릴 것 같지는 않았다.

"조선이 그렇게 쉽게 무너지겠습니까?"

"무너질 거야."

그것도 단숨에.

확정적으로 대답하는 이화매 제독이다. 양희은은 그런 제독의 얼굴을 똑바로 바라봤다. 설명을 부탁하는 눈빛이었다.

"십만양병설, 들어 봤어?"

"죄송하지만, 금시초문입니다."

"후후. 그렇겠지. 벌써 십 년 전의 얘기니까. 조선에도 인물은 있어. 아니, 있었지. 이이라는 인물이 거의 십 년 전에 한 주장이지. 하지만 퇴짜 맞았어. 지금 조선의 군사력은 거의 바닥일뿐더러, 행용총의 존재도 모르지."

"……"

"조선의 군 편제는 명의 편제와 비슷해. 보병, 궁병, 기병. 이게 끝이야. 이런 군 편제로는 절대 행용총을 든 왜국의 군대를 막을 수 없어. 이건 명도 마찬가지고. 이들은 만 정의 행용총이 가지고 오는 파괴력을 아예 모르니까. 그러니 전쟁은 시작되자마자 조선을 망국으로 몰고 갈 거야."

이것 또한 확정적이다.

이화매 제독은 정보를 가지고 시국을 살피는 능력이 굉장히 뛰어났다. 이는 양희은의 연륜으로도 따라가지 못했다. 연륜이 아닌 특별한 감각과 사고의 깊이, 넓이 자체가 아예 달랐다. 이 부분은 양희은도 인정하는 것이라 제독의 말을 인정할 수밖에 없었다.

"얼마나 버틸 거라 보십니까?"

"길면 삼사 년, 짧으면 일 년."

"음……."

"그때까지 최대한 군사력을 키워 바다를 지켜야 돼. 바다가 무너지면 명은 끝장이야. 그리고 성성이 놈이 조선을 치는 이유도 여기에 있지. 마도에게 말했던 것처럼 놈은 전진 기지를 건설할 생각이야. 바다에서 우리 오홍련을 상대하기 벅차니 육지로 갈 교두보가 필요해. 조선이 딱 좋지. 그리고 조선은 말했듯이 오래 버티지 못할 거고."

"그럼 이삼 년 안에는 전쟁이 일어나겠군요."

"그래, 반드시. 그때를 위해 마도 진조휘는 반드시 필요해. 그 어떤 곳에서도 제 몫을 해줄 수 있는 전천후 무인이지."

"알겠습니다."

이화매가 마도 진조휘를 원하는 이유, 바로 후일에 있을 전쟁을 대비함이라 하니 양희은도 이제는 수긍하고 고개를 끄덕였다. 이런 이유라면, 자신이 섬기는 총 제독의 특별한 그 '감'까지 발동했다면 이제 불만을 가질 이유는 단 하나도 없었다. 마도 진조휘는 특별하다. 양희은은 앞으로 그렇게 생각하기로 했다.

"알아차리지 못하게 도움을 주겠습니다."

"그래, 절대 알아차리지 못하게 하고. 그의 복수가 빨리 끝나야 나도 다시 움직일 수 있으니까."

"네. 안 그래도 작전부에서 몇몇 작전을 내놓았고, 괜찮다 싶은 걸로 이미 실행해 놓았습니다."

"확실하겠지?"

"네, 이전처럼 믿을 만한 이들로 섭외했습니다. 하지만 괜찮겠습니까? 은신처 하나가 사라졌습니다. 이번에도 잘못하면 비선 하나가 잘릴지도 모릅니다."

"그깟 은신처 하나보다 진조휘가 더 중요해. 은신처야 또 하나 마련하면 그만이고. 비선도 마찬가지고. 그보다 제대로 해야 돼. 보니까, 그는 눈치도 상당한 것 같으니까."

"걱정 마십시오. 모두 경험이 넉넉한 이들로 구성했으니까요."

"좋아. 희은이 그렇게 말하니 믿겠어."

이제 이화매가 조휘를 도와준 이유도 전부 나왔다. 복수. 그걸 빨리 끝내게 하여 자신이 섭외할 시기를 단축하기 위해서였다. 어차피 전부 알고 있었다. 처음 마도의 별호를 듣고 조사는 바로 진행됐고, 전부 나왔다. 과거, 타격대에서의 생활까지. 그녀는 조휘가 전역과 동시에 절강성으로 향한다는 보고를 받은 직후 직감했다.

복수.

이 단어를 떠올림과 동시에 그녀는 사고를 더 넓혀 나갔다.

반드시 섭외해야 할 자. 그렇다면 차라리 도움을 주자 쪽으로. 동시에 용강회의 일을 보고받고 마도의 복수 방식도 대략적으로 알 수 있었다.

절대 쉽게 복수를 끝낼 성격이 아니었다. 한 번 시작하면 끝장을 보는 성격이라는 걸 알게 됐으니 도와줘야 할 건 딱 두 가지였다. 하나는 당연히 적가에 대한 정보. 그리고 용강을 고문한 걸 보고 이번 복수의 대상들도 당연히 고문을 할 거라는 걸 알 수 있었다. 그래서 장소를 몰래 제공했다. 수월하게, 다치지 말고 복수를 끝내라고. 그 외의 몇 가지를 더 준비시켜 놨다. 이 부분은 양희은의 몫이었다.

'얼른 끝내라고.'

무력과 성격은 딱 이화매가 좋아하는 부류였다. 그녀는 확신했다. 그의 마음을 한 번 얻으면, 자신이 먼저 배신만 하지 않으면 절대 변치 않을 것이라고. 이건 항주에서 다시 한 번 확인했다.

변하지 않았다. 정말 마도 진조휘는 광주에서 봤을 때와 비교해 하나도 변하지 않았다. 그게 더 이화매의 마음에 들었다.

"그를 섭외할 방법은 생각해 놓으셨습니까?"

생각을 정리시키는 양희은의 말에, 이화매의 표정이 약간 굳었다. 현재 가장 큰 문제가 이 부분이다. 이화매가 본 조휘는 마음을 끌어오기 쉽지 않은 사내였다.

돈.

여자.

권력.

이 세 가지로는 어림도 없을 거라는 걸 잘 알았다. 오히려 저 세 가지를 들이밀었다가는 역효과가 발생할 것이다.

게다가,

'그리고 그건 나도 싫고.'

저 셋은 이화매 본인도 싫어하는 방법이었다. 마음을 얻는 건 솔직히 어려운 일이다. 인심을 사는 게 가장 힘들다는 건 옛날부터 대대로 내려온 말이다.

"아예 없는 건 아닌데, 이건 그냥 교환하는 데 쓸 정보밖에 안 되겠어."

"혹시 적무영의 위치 말입니까?"

"그래."

이화매는, 적가에 대한 정보를 조휘에게 건네면서도 딱 하나만 주지 않았다. 적가의 장남, 적무영의 현 위치다. 왜국으로 나갔다는 것만 썼지, 어느 세력에 의탁했는지, 무슨 짓을 하고 있는지에 대한 것은 빼버린 것이다. 이건 나중을 위해 어쩔 수 없는 판단이었다. 옹졸하긴 했지만, 하나의 패는 손에 들고 있어야 할 거라 생각했다.

'비겁하지만……'

이건 나중에 아주 비싸게 거래될 거라 생각했다. 그리고 이화매의 감으로는, 이게 그와 자신을 잇는 연결 고리가 되어줄 거라 생각했다. 그 정도라면 옹졸하고 비겁해도 감내해야겠다고 그녀는 생각했다.

무조건 자기만 얻고 싶어 하는 건 너무 이기적인 일이다. 원하는 걸 얻기 위해, 자신도 안 좋은 뭔가를 감내해야만 하는 일도 분명히 있는 거다. 이화매 제독은 후자 쪽에 속했다. 그때 귀로, 머리로 파고드는 진동이 있었다.

뎅……!

"음?"

생각을 접고 고개를 번쩍 드는 이화매 제독. 이미 양희은은 창문을 열어 밖을 확인하고 있었다. 그녀의 시선은 양희은의 정반대로 향했다. 없다. 종소리가 울리고 나서 보여야 할 게. 다시 양희은을 보자,

"소산 방향으로 봉화가 올라왔습니다."

굳은 얼굴로 보고를 올리고 있었다. 봉화가 올라오는 이유는 딱 하나밖에 없었다. 왜구의 출현이다. 소산인지, 아니면 근방의 마을인지 아직은 알 수 없지만 왜구는 분명 나왔다. 저 봉화는 그게 아니면 사용되지 않으니까.

이화매 제독은 바로 일어났다.

붉은 천을 목에 감아 걸치고 양희은을 보며 굳은 얼굴, 굳은 어조로 말했다.

"일 함대, 출항 준비."

"네!"

양희은이 대답과 군례를 올리고는 바로 밖으로 달려 나갔다. 제독도 뒤에 걸려 있는 검과 활을 챙겼다. 그리고 다시 신형을 돌려세웠을 때, 그녀는 완전히 변해 있었다. 조휘가 말했었다. 이 여자, 제왕(帝王)의 기질을 타고났다고.

그 말 그대로, 저벅저벅 걸어 집무실을 나서는 이화매 제독은 정말 여인이 아닌 바다의 제왕이 되어 있었다.

제13장
조력자

"음?"

조휘는 쉬다 말고 의문 섞인 탄성을 흘렸다. 바다가 보이는 벼랑 쪽에서 쉬고 있는데, 저 멀리 오홍련의 함대가 보였다. 기함으로 보이는 선두의 거대 전함에 매달린 붉은 연꽃의 기. 오홍련의 첫 번째 함대였다.

'이화매 제독이 이끄는 함대군.'

명의 바다를 지키는 오홍련은 총 다섯 함대로 운용된다고 들었다. 이화매 제독의 일 함대는 항주가 거점이고, 다른 네 개의 함대는 따로 거점이 있고, 그 근방에서만 행동한다고 들었다. 물론 상황에 따라 서로 유기적으로 협력을 하는 건 당연했다.

'왜구……'

왜 전투만 전문적으로 치르는 일 함대가 움직였을까? 답은 딱 하나였다. 왜구의 출몰이다. 생각하자마자 이가 으득! 갈렸다.

왜구는 생각할 때마다 분노를 일으켰다. 차갑게 가라앉은 눈으로 얼마나 함대에 시선을 주었을까? 어느새 함대의 제일 후미에 있던 함선마저 검은 점으로 변했다. 아예 멀어진 것이다.

조휘는 그때가 돼서 자리에서 일어났다. 이제 또 찾아봐야 할 때였다. 전에 노점에서 들었던 말을 듣고 소산으로 돌아와 조용히 알아봤었다. 그랬더니 사람들도 알고 있었다. 인적이 굉장히 드문 그곳에, 귀신 나온다는 동굴이 있다는 이야기를. 그래서 대략적인 위치만 파악하고 바로 탐색에 나선 조휘였다.

'애, 어른 할 것 없이 절대 접근 금지라고?'

감은 믿지만, 초자연적인 현상 중 갑이라 할 수 있는 귀신은 믿지 않았다. 그러니 적가의 총관과 가주를 납치해 끌고 갈 장소로는 당연히 그곳이 딱 정해질 수밖에 없었다. 그렇게 그 장소를 찾기 시작한 지 이제 이틀째다. 엊그제 들었고, 어제오늘 수색을 하고 있지만 역시 쉽게 찾을 수 없었다.

하지만 쉽게 찾아지지 않는 상황에 대해 조휘는 감사하고 있었다. 너무 쉽게 찾았으면 오히려 버렸을 것이다. 자신이 쉽게 찾았다는 건 다른 누군가도 쉽게 찾을 수 있다는 뜻이니 말이다. 그래서 조휘는 이틀째의 수색에도 전혀 불만이 없었다.

부스럭, 부스럭.

마찬가지로 엊그제 구입한 단도로 주변의 나뭇가지를 쳐내며 전진하는 조휘. 조산에서 십 리 정도 떨어진 이곳은 정말 이상하게도 사람의 손길이 닿지 않았다. 보통 주변에 큰 도성이 있으면 그 근방은 싹 개척되어야 정상이거늘, 이곳만 이상하게 전혀 개척되지 않았다. 그게 궁금하긴 했지만, 지금 당장 자신에게 도움이 되는 상황이니 별 상관은 없었다.

해가 점차 지기 시작했다. 산이라 그런지 어둠도 일찍 찾아왔다. 하지만 조휘는 오늘 아예 야영할 작정으로 왔다. 등짐에 필요한 것들을 전부 챙겨왔으니 말이다.

물론 이런 곳은 위험하지만 조휘가 누군가? 이런 경험은 차다 못해 넘쳤다. 하지만 야영까지는 안 해도 될 듯싶었다. 한참을 수풀을 뒤지며 전진하던 조휘가 드디어 찾은 것이다.

"여기다."

탁, 탁.

길게 뻗은 가지 하나를 쳐낸 뒤, 조휘는 바로 앞으로 몸을 날렸다. 그러자 눈에 딱 보였다. 정말 사람의 손이 닿지 않은 것처럼 보이는 동굴이. 이곳이 그들이 말하던 곳이라는 보장은 없지만, 딱 봐도 여길 거라는 예감이 들었다.

어둠이 내려앉자 음산함이 짙게 깔렸고, 입구는 굵은 넝쿨들이 얽히고설켜 가로막고 있었다. 천연 위장이었다. 만약 어둠이 조금만 더 깔렸으면 조휘조차 그냥 지나칠 정도로 기가 막힌 위장이었다.

"음……."

입구에서 잠깐 동굴을 살펴보던 조휘는, 만족스러운 웃음을 흘렸다. 이틀을 고생한 보람이 확실히 느껴졌다. 만약 이곳으로 데리고만 온다면, 수색대가 출발해도 절대 이곳을 찾지 못할 것 같았다.

알고 있지 않고서야, 거의 찾기 불가능한 장소에 있었다.

동굴을 나와 옆쪽으로 조금 돌아가니 바로 절벽이 나왔다. 촤아악, 촤아악. 파도가 절벽을 때리는 소리가 여실히 들렸다.

'파도 소리까지…….'

끝내주는 조건이었다.

비명조차 묻힐 것이다. 와아악! 하고 고함을 쳐도 파도 소리에 그냥 잡아먹힐 테니까. 게다가 여차하면 이곳에 줄을 달고, 도망도 칠 수 있을 것이다. 조휘는 바다에서의 자맥질에 일가견이 있었다. 애초에 타격대 소속이 자맥질을 못한다는 것 자체가 말이 안 되는 일이었다. 실제 몇 번 안 되지만 입에 칼을 물고 자맥질, 잠영으로 적선에 올라 적장의 멱도 따본 적이 있었다.

바다는 조휘에겐 최적의 탈출로였다. 그러니… 정말 조휘가 원하는 모든 것을 갖춘 곳이었다. 그때 노점에서 대화를 엿듣기를 정말 잘했다는 생각이 조휘의 머리를 스쳤다.

'그래도 일단은 좀 살펴봐야지.'

안은 아직 확인 전이었다.

일단 밖은 조휘가 원하는 장소였다. 마음에 딱 들 정도라 오히려 무서웠다. 하지만 안은 아직 모른다. 조휘가 많은 걸 원하는 건 아니었다. 딱 운신할 정도이기만 하면 된다.

외관으로 보면 좀 솟아 있는 형태라 안에도 공간이 넉넉할 것 같지만, 그래도 또 모른다. 두 눈으로 확인해 보는 게 정답이었다.

조휘는 일단 단도로 잔가지를 좀 쳐냈다. 그리고 챙겨온 등잔을 꺼냈다. 불을 지피고, 안으로 천천히 들어가 보는 조휘. 입구가 저렇게 막혀 있는 걸 보니 안에 산짐승이 살고 있는 것 같지도 않았다. 하지만 그래도 모르니 전진은 조심스러웠다. 그러나 그것도 잠깐이었다. 동굴 자체가 깊지 않아 조금만 들어가니 작은 공동이 나왔다. 등잔으로 주변을 비춰 보았다.

"아, 진짜……."

너무 좋다.

육성으로 감탄이 나올 정도로.

그중 가장 마음에 드는 건 공동 중앙에 두터운 기둥 하나가 턱 박혀 있다는 점이었다. 다가가 손으로 살짝 만져보니,

금속의 차가움이 느껴졌다. 누군가가 어떤 목적을 가지고 박아 놓은 것이니, 인위적이라는 뜻이다. 손길은 탄 곳이지만, 점차 잊힌 곳.

통풍은 되는지 퀴퀴한 냄새 같은 것도 나지 않았다. 소리가 새어 나갈 위험이 있지만, 그건 파도가 절벽을 때리는 소리가 해결해 줄 것이다. 그러니 이 정도면 최적의 장소였다.

조휘는 다시 주변을 둘러봤다. 여타 위험해 보이는 건 없었다. 벽을 툭툭 두드려 봐도 묵직한 소리만 난다. 무너질 위험은 없다는 뜻이다. 이 부분에도 매우 만족한 조휘는 밖으로 다시 나갔다.

이미 사위는 어둠에 잠겨 있었다. 우거진 숲이라 하늘도 보이지 않지만, 대략 술시 초쯤 됐겠구나 싶었던 조휘는 등짐에서 식량을 꺼냈다. 동굴에 주저앉아 끼니를 때우던 조휘는 결정을 했다.

'여기다.'

복수는 이곳에서 이루어지는 것으로 정해졌다. 하지만 조휘는 모를 거다. 이 장소… 이화매 제독이 조휘에게 보낸 선물이라는 걸. 아마 말해주기 전에는 평생 모를 테지만, 지금 당장은 상관이 없는 얘기였다.

*　　　　*　　　　*

조휘는 다음 날 바로 소산으로 돌아왔다. 장소는 정했지만 그렇다고 바로 계획이 실행되는 건 아니었다. 이제 겨우 준비의 반 정도가 끝났을 뿐이었다. 조휘는 대충대충 일을 진행할 생각이 없었다.

완벽.

최소 자신이 생각한 바의 구 할은 준비가 되어야만 움직일 생각이었다. 장소가 구해짐으로써 이제 오 할 정도의 준비가 끝났다. 그럼 나머지 오 할은? 많아서 열거하기 힘들지만, 가장 첫 번째로 꼽을 건 역시 도구다.

누누이 말했지만 조휘는 결코 편하게 복수할 생각이 없었다. 십 년. 그 지옥을 선사해 준 적가의 삼인에게 똑같이 지옥을 보여줄 생각이었다. 그걸 위해 필요한 게 바로 고문 도구다.

조휘는 꽤나 많은 고문 방법을 타격대에서 어깨너머로 배웠다. 그리고 그 배운 걸 실제로 써보기도 했었다. 급박하게 정보를 얻어내야 할 때, 그땐 가차 없이 가했다. 물론 대상은 왜놈들이었다.

그럼으로써 어떻게 하면 사람이 극한의 공포를 느끼는지 제법 잘 알고 있었다.

너무 잔인하다고? 글쎄, 그렇게 생각할 수도 있지만, 조휘에게는 이게 당연한 일이었다. 전장에서 십 년. 정신 한구석이 무너지기엔 충분한 시간이었다. 멀쩡한 사람도 들어가서 몇 년만 있으면 병신이 되어 나오는 곳인데 조휘는 그런 곳에 무려 십 년이나 있었다.

조휘에게서 첫 번째로 사라진 건 수단과 방법, 감정의 통제 능력이었다.

자신이 당했으면, 최소 자신이 당한 것과 똑같이 되갚아주는 사고가 자리 잡았다. 물론 그건 최소다. 될 수 있으면 배로, 더 가능하면 그 이상으로 갚아줘야만 직성이 풀렸다. 그리고 이때가 조휘에게 '마'가 깃드는 순간이었다. 또한 마도의 모습을 겉으로 모조리 내보일 때이기도 했다.

그런 조휘는 지금 소도를 구입했다. 정말 작은 도다. 암기로 써도 될 아주 작은 칼을 네 종류 샀고, 다음으로 약재상을 찾았다. 지혈제의 재료와 기력 회복에 필요한 약첩을 산 조휘는 다음으로 소금을 구입했다.

용도는 다양했다.

소도는 고문 도구, 소금도 고문 도구다. 반대로 지혈제와 기력 회복에 필요한 약첩은 생명을 묶어두기 위해서였다.

끝장을 보기 위해 이 세 가지는 필수였다. 필요한 건 이게 전부가 아니었다. 구속시켜 둘 쇠사슬과 화로, 탕약을 만들기 위해 필요한 도구들도 사들였다. 준비하다 보니 양이 너무 많아 짐수레와 나귀도 한 마리 사들였다. 그 짐 전부를 다시 동굴에 가져다 놓고, 그곳에서 하루를 보낸 조휘는 다음 날 다시 소산으로 돌아왔다. 이제 굵직한 것들 몇 개를 빼면 전부 끝났다.

하지만 굵직한 것들이 문제였다.

다시 소산의 한 객잔에 들어온 조휘는 고민에 빠졌다. 사람이 필요했다. 조휘가 총관이나 가주를 납치하고, 소산현 밖으로 빼낼 때 마을의 경비를 유인해 줄 사람 말이다.

당연히 그냥 나갈 수는 없었다. 걸리는 순간 복수는 물 건너가기 때문이다. 그러니 반드시 몰래 밖으로 나가야 했다. 조휘가 뇌물을 주고 나갈 수도 있겠지만, 이건 좋은 방법이 아니었다. 납치하고 반나절, 길어야 하루면 분명 발각될 것이다. 떠들썩하게 변할 것이고, 의심스럽던 모든 이들을 조사할 것이다.

그럼 야심한 밤 뇌물을 주고 밖으로 나간 조휘는? 분명 용의자로 찍힐 것이다. 외지인이기 때문에 의심은 더 크게 받을 것이다. 그렇기 때문에 조휘는 아예 걸려서는 안 된다. 그리고 걸리지 않으려면, 도와줄 사람이 반드시 필요했다. 이건 정말 필수였다. 준비의 마지막 과정이기도 했다.

하지만 사람을 구하는 게 어디 그리 쉬울까? 믿을 만한 사람이어야 하는데 이제 소산에는 인맥이 없었다.

'사람은 맨 마지막에. 일단은 방원부터 조사하자.'

답이 없는 문제는 일단 뒤로 밀고, 이화매 제독이 준 정보를 확인해 보기로 했다. 창밖으로 해를 보니, 슬슬 서산마루로 향하고 있었다.

조휘는 밖으로 나와 적가의 장원이 있는 근방 다관으로 갔다. 이 층의 난간에서 적가의 정문이 딱 마주 보이는 곳. 조용히 관찰하기에는 딱이었다. 조용히 차를 마시고 있지만 시선은 일정한 간격으로 적가의 정문을 확인하고 있었다. 그렇게 차 넉 잔과 과자 한 접시를 비웠을 때,

'놈······.'

방원이 정문으로 나왔다.

얼굴을 기억한다. 어떻게 잊을 수 있을까. 혹여 잊을까 봐 조휘는 맨 흙바닥에 그림까지 그려가며 필사적으로 기억했다. 그 수는 당연히 총 셋이다. 방원, 적운양, 그리고 시발점을 찍어 준 적무영.

방원의 특징은 부리부리한 눈매, 마귀처럼 툭 튀어나온 콧대에, 팔자수염이다. 호위도 없이 혼자 나온 놈이 위풍당당하게 대로를 걷기 시작했다. 조휘는 계산을 마치고 조용히 따라 다관을 나섰다.

밖으로 나오니 저 멀리, 방원의 뒷모습이 보였다. 조휘는 조용히 그 뒤를 따랐다. 일정한 거리를 유지하고, 가끔씩 물건을 둘러보기도 하면서 따르기를 일각, 홍루 거리가 나왔다. 몸을 파는 청루가 아닌 기예를 파는 홍루. 방원이 모습을 드러내자마자 이곳저곳에서 호객을 하던 놈들이 일제히 달려들었다.

잘 아는 것이다.

방원의 씀씀이를. 잡으면 못해도 방원 하나에게서 하루 매

출의 일에서 이는 뽑을 수 있다는 걸.

으하하하!

방원의 웃음소리가 조휘의 귀로 들어왔다. 남에게는 호탕하게 들리겠지만, 조휘에게는 너무나 더럽게, 역겹게 느껴졌다. 덩달아 분노가 훅훅 치고 올라왔다.

'어머니를 그렇게 돌아가시게 하고, 너는 이렇게 하루하루 즐기며 살고 있었어?'

들끓는 분노를 겨우 다시 잠재운 조휘가 방원과의 거리를 좀 더 좁혔다. 이윽고 방원이 한 곳으로 들어갔다. 수신루(修身樓). 청루에서 쓰기에는 너무 고결한 이름이었다. 안으로 따라 들어가니 방원은 이미 기녀에게 둘러싸여 이 층으로 올라가고 있었다.

조휘는 천천히 그를 따라 걸음을 옮겼다.

누가 앞에서 막아섰지만 그 전에 조휘가 품에서 전낭을 꺼내 흔들었다. 묵직한 소리가 나자 막아섰던 이는 바로 비켜섰다. 돈은 넘쳐나지 않지만 부족하지도 않다. 서문영의 호위비에, 주박채에서 나온 재물의 처분 금액, 도적들의 말을 처분하고 나온 금액 등등 이런 곳에서 몇 날 며칠을 질펀하게 놀고도 남을 돈은 있었다.

삼 층.

방원이 삼 층의 한 방으로 들어갔다.

조휘는 옆방으로 들어갔다.

안으로 들어가자 바로 얼굴에 하얗게 분칠을 한 여인이 안으로 들어왔다. 나이는 조휘와 대략 비슷해 보였다.

"어머! 멋진 무사님이 오셨네요! 호호호!"

여인의 말과 웃음은 조휘의 귀로는 하나도 들어오지 않았다. 현재 조휘의 모든 감각은 옆방에 집중되어 있었다. 하지만… 안타깝게도 아무런 소리도 들리지 않았다. 그에 얼굴이 살짝 일그러지는 걸 조휘는 막지 못했다.

'더러운 새끼가 어떻게 노는지, 꼭 알고 싶었는데……'

그래야 더, 더! 잔인하게 조져줄 텐데.

그런 동기 부여를 얻지 못한 게 아쉬워 나온 일그러짐이었다.

쯧, 입새로 짜증 섞인 목소리가 흘러나왔다. 어쩜 이리 방음을 잘해 놨는지 다시 귀를 집중해 봐도 옆방에서는 아무런 소리도 들려오지 않았다. 하지만 이건 홍루를 운영하려면 필수 조건이었다. 기예를 파는 곳이다. 각각의 방에서 소리가 삐져나와 섞이기 시작하면 난장판이 된다. 그럼 누가 제대로 즐길 수 있을까? 그랬다간 간판 내리는 건 순간이다.

"호호호! 무사님, 혹시 제가 별로신가요?"

"……"

조휘는 대답 대신 고개만 저었다. 이 기녀 때문이 아니었다. 애먼 곳에 화풀이할 생각도 없었다.

'일단 왔으니 정보라도 캐봐야겠어.'

이런 곳에서 굴러다니는 것이야말로 정말 제대로 된 정보일 확률이 높다고 들었다. 옛날에는 배수, 기녀, 그리고 점소이들에게서 정말 고급 정보가 나온다고 했다.

'아니, 아직도 변하지 않았다고 했어.'

방원이나 적운양, 어쩌면 적무영에 대한 정보도 잘하면 들을 수 있을지도 몰랐다. 물론 그럴 확률은 꽤나 낮겠지만, 일말의 확률이라도 있으니 일단 기대해 봐야 했다.

"조용하게 즐기고 싶으니 적당하게 상을 차려줘."

"호호! 그럴게요. 아이들은 어떻게 할까요?"

"아이들이라, 음. 적당한 아이로 하나 들여보내."

"호호호! 말씀처럼 정말 딱! 적당한 아이가 쉬고 있으니 안으로 들일게요."

"……."

마지막엔 고개만 끄덕였다. 여기서 아이들이란 당연히 기예를 파는 기녀를 말한다. 기루에 왔으니 기녀를 부르지 않을 수도 없었다. 안 부르면 확 눈에 띌 테니까. 그래서 조휘는 적당한 기녀로 넣어달라고 했다.

접객을 담당하는 기녀가 나가자, 조휘는 또 한숨을 내쉬었다. 이런 곳은 사실 처음이었다. 타격대에 끌려가면 외출은 금지였다. 어쩌다 한 번씩, 사기 증진을 위해 몸을 파는 기녀들을 불러주기도 하지만, 그런 일은 극히 드물었다. 조휘가 있던 십 년간 딱 두 번인가 그랬다. 그만큼 타격대는 금욕이 기본으로 이루어졌다.

조휘는 일단 주변을 둘러봤다.

정갈함과 화려함이 거의 동시에 느껴지는 방의 모습에 조휘는 조용히 미소 지었다. 이런 곳을 이용하면 얼마나 나올까? 장담하건대 절대 적지 않은 돈이 나갈 것이다. 그런데 방원은 이런 홍루를 주에 대여섯 번이나 들락거린다.

잘살고 있다는 뜻이다. 미소의 이유는 이러한 사실 때문이었다.

'차라리 잘됐어.'

잘살고 있다는 건 가진 것이 많다는 뜻이다. 가진 게 많은 놈은 끝없이 욕심을 부리는 법이고. 재물은 물론 가진 것 전부를 잃기 싫어할 것이다. 그렇다면 생명은? 지 목숨은? 세상 그 무엇보다 소중할 것이다.

조휘는 그게 좋았다.

그 소중한 것을 빼앗을 수 있으니까. 아주 철저하게 무너뜨려가면서.

드르륵. 미닫이문이 열리고 기녀 둘이 상 하나를 들고 들어왔다. 조휘의 앞에 조용히 놓고는 고개를 깊게 숙여 인사하고는 조용히 빠져나갔다.

그리고 아직 열려 있는 문으로 한 여인이 들어섰다. 뭐라고 설명해야 할까? 조휘가 가진 미의 관점에서는 그냥저냥 미녀라 할 수 있었다. 하지만 서문영이나 이화매 제독보다는 특징이 없어 보였다.

소박한 생김새라 해야 되나? 거기에 희미한 미소를 짓고 있지만 조휘는 알 수 있었다. 억지로 입술을 말아 올려 억지로 만들어낸 미소라는 걸.

즉, 원치 않는 것이다.

저렇게 대놓고 가식적인 미소를 보이는 기녀다. 기루에서 기예를 파는 기녀가 가식적인 미소를 짓는다?

기녀는 조휘의 앞에 천천히 다가와 앉았다.

"성혜라 불러주세요."

"……."

조휘는 대답 대신 고개만 끄덕였다. 성혜? 본명은 절대 아닐 것이다. 앵화니, 춘화니 보통 가명을 쓰기 때문이다.

성혜는 고개를 살짝 숙인 상태에서 말을 꺼내지 않고 있었다. 굉장히 수동적인 상태였다. 기루 좀 가봤다는 장산의 말에 따르면, 기녀는 방 안에 들어오는 순간부터 갖은 아양을 떤다고 했다. 그래야 손님의 주머니가 열린다는 말도 뒤이어 들었다. 그런데 성혜는 그런 게 하나도 없었다.

"있기 싫으면 나가."

"네?"

조휘가 말을 던지자 성혜의 고개가 올라왔다. 그녀의 눈동자에 일순간 독기가 스며들었다가 사라지는 걸 조휘는 확인했다. 숨긴다고 숨겼겠지만 적의에 대한 쪽은 선천적으로 감이

조력자 103

좋고, 후천적으로도 제대로 단련한 조휘였기에 이걸 모를 리가 없었다. 이에 조휘의 눈살이 찌푸려졌다.

자신도 별로 이런 곳은 좋아하지 않았다. 단지 방원이 정보대로 매일 기루에 들락거리는지, 들락거리면 얼마나 놀다가 가는지, 어디를 자주 가는지, 누구를 자주 찾는지, 이런 것들을 알아보려고 온 것이지, 결코 향락을 즐기러 온 게 아니었다. 그런 상황에 자신에게 호의적이지도 않은 기녀와 함께 마주 앉아 있고픈 마음은 하나도 없었다. 그래서 입이 열리며 나오는 말은 무뚝뚝하고, 냉정했다.

"있기 싫으면 나가라고."

"죄… 죄송합니다."

조휘의 이번 말에도 그렇다. 말끝이 당황으로 떨린 게 아니라, 참아내는 마음으로 떨렸다. 싫은데도 있어야 할 이유가 있다는 걸 조휘는 알 수 있었다.

"나가."

"네……."

결국 조휘가 한 번 더 말하자 물러나는 성혜. 가만히 일어나 다시 인사를 하고 조용히 방을 나가는 그녀의 뒷모습을 보며 조휘는 짜증에 얼굴이 일그러졌다. 못할 짓이었다. 기녀를 상대하는 게 못할 짓이라는 게 아니라, 이런 장소 자체가 몸에 맞지 않는 옷을 입은 것처럼 껄끄러웠다.

거기다 이렇게 껄끄러운 데도 다녀야 하는 자신의 상황이

참 더럽게 느껴졌다. 동시에 방원에 대한 분노가 화르르 타올랐다. 그러나 조휘는 그걸 강제로 억눌렀다.

'지금은 아니야. 지금은 아니라고……. 조금만 참자, 조휘.'

때는 온다.

머지않아 반드시 온다. 괜히 지금부터 소모해 독기를 죽일 필요는 없었다. 꽁꽁 묶어 두었다가, 묶은 줄을 푸는 건 방원과 적운양의 앞에서였다.

"어머, 무사님!"

접객을 담당하는 기녀가 소란스럽게 다시 들어왔다. 호호호! 하고 웃더니 조휘의 앞에 냉큼 앉았다.

"들인 아이가 마음에 안 드셨나요?"

"있기 싫어하는 것 같아서 좀 그렇더군."

평이하게 받아주자, 기녀의 얼굴이 미미하게 굳어갔다. 그러더니 고개를 살짝 숙이고는 입술을 웅얼거렸다. 마치 내 이년을 그냥! 혹은 이년이 또 지랄이네! 이렇게 이를 가는 것 같았다. 그러나 그건 잠깐이었다.

바로 고개를 들고는,

"호호! 정말 죄송해요, 무사님. 일단 한잔 받으셔요!"

술이 담긴 자기 주전자를 들었다.

조휘는 말없이 잔을 들었다. 쪼르르, 술이 주둥이를 타고 조휘가 든 잔으로 흘러내렸다.

"성혜, 그 아이가 아직 여기 들어온 지 얼마 안 돼서 그래요. 무사님이 한 번만 이해해 주시겠어요?"

"얼마 안 됐다고?"

"네, 사정이 있어서 들어온 아이예요. 그래서 아직 이곳에 적응을 못 한 상태예요."

"그래."

그건 이쪽이 봐줄 사정이 아니라 그냥 대답만 했다. 저도 한잔 주시겠어요? 그리 뒤이어 말하기에 조휘도 주전자를 들어 기녀의 잔에 따라줬다.

"연매라 불러주세요."

"그러지."

"곧 다른 아이를 들일게요. 그때까지 제가 말 상대를 해드려도 괜찮을까요?"

"괜찮지."

조휘는 말을 많이 아꼈다. 그에 타격대에 있을 때의 조휘로 천천히 돌아갔다. 겨우 십장으로 전역했지만 실제로는 연 백호가 이끌던 타격대 전체를 이끌었다. 수년간 백에 가까운 이들을 통솔했던 조휘로 돌아가니 말투도 자연 짧아지고, 냉정하고 차가운 모습이 여지없이 드러났다.

"어머, 어머, 분위기 있으시다. 호호호!"

그리고 그런 분위기를 바로 느꼈는지 연매가 호들갑을 떨었다. 손님의 비위를 맞추는 직업이다 보니 분위기 변화에 민감한 것 같았다.

"무사님은 소산에 처음 오셨죠?"

"그래, 이번이 처음이지."

아니다.

이곳에서 살았었다.

십 년 전에.

"호호! 어째 그래 보이시더라! 일자리를 구하러 오셨나요?"

"그렇지. 이제 슬슬 한곳에 정착할 때도 되었고."

"오기 전엔 뭘 하셨나요? 저 멋들어진 칼을 보니 막일을 하실 분은 아닌 것 같으시고, 그럼 호위 일?"

"비슷했지."

달랐다.

피비린내 나는 전장에서 구르고, 또 굴렀다.

오직 살기 위해서.

복수를 하나씩 준비하는 이때를 위해서.

"어머, 어머! 멋지시다! 호위! 호위무사님이셨네요? 어디 어디 있으셨어요? 혹 유명한 이들도 있었나요?"

"그건 기밀이라 말 못 해주겠군."

"아! 들어본 것 같아요! 죄송해요. 제가 주제넘게 물어서."

"됐어. 그보다 오래 걸리나? 곡을 듣고 싶은데."

"호호호! 원래 이럴 때는 제가 좀 실망한 척하고 그러는데, 이번에는 그냥 넘어갈게요. 좀 전에 무례도 저질렀으니! 호호!"

피식.

말재주가 있는 여인이었다. 그렇다고 재미있는 건 아니었다. 연매는 바로 일어나 밖으로 나갔고, 반다경도 안 되어 다른 기녀를 하나 데리고 들어왔다. 성혜와는 전혀 다른 매력을 가진 기녀였다. 비파를 가슴에 안고 들어온 기녀는 화사한 미소를 짓고 있었다. 물론 조휘의 눈에는 당연히 영업을 위한 미소로 보였다.

"인사드리렴."

"한매라 해요. 호호."

인사와 함께 가벼운 웃음.

그리고 비슷한 이름. 이 여인의 이름 역시 가명일 것이다. 수신루는 매 자 돌림으로 이름을 짓나? 실없는 생각이 떠올랐지만 그걸 입 밖으로 꺼내진 않았다.

대신 고개를 끄덕여 기녀의 인사를 받고는, 손짓으로 자리를 권했다. 한매가 자리에 앉자 연매는 바로 나갔다.

"한잔 올릴게요."

"……."

말없이 잔을 내밀자 한매가 술을 따랐다.

"성혜가 왔다 쫓겨났다고 들었어요."

"그랬지."

바로 성혜 얘기를 한다? 조휘는 귀를 열고 집중했다. 왜 이런 얘기를 할까? 눈빛이 뭔가 몽롱해 보이는 게, 취기가 살짝 있어 보였다. 게다가 볼에도 홍조가 살며시 올라와 있었다. 한매는 조휘가 그렇게 자신을 보고 있는지도 모르고 말을 이었다.

"참 불쌍한 아이예요. 어디 이런 곳에서 일하는 기녀치고 안 불쌍한 이들이 얼마나 되겠냐만, 성혜는 좀 더해요. 자기 집안을 망가뜨린 놈에게 처녀지신까지 빼앗겼으니까요."

"망가뜨린 놈?"

"네, 적……. 아, 뭐라고 하셨죠? 호호. 아고, 큰일 날 뻔했네. 아, 제가 말실수를 했네요. 호호. 좀 전에 다른 손님이 술을 너무 권하셨는데, 마지못해 몇 잔 마셨거든요. 호호호!"

"……."

조휘는 그 말에 조용히 잔을 입으로 가져갔다. 죽엽청. 깔끔한 맛이 나니 마실 맛이 났다. 이어 조휘는 주전자를 들어 한매에게 내밀었다. 한잔 받으라는 뜻이었다. 어머! 호호, 저는 좀. 하고 거부하려 하기에 다시 한 번 툭 미는 시늉을 하니, 한매가 배시시 웃으면서 잔을 들었다. 쪼르르.

"그 얘기, 좀 더 자세하게 듣고 싶은데?"

그러고는 다시 자신의 잔을 들어 꿀꺽! 한 번에 삼켜 버렸다. 촉이 온다. 뭐랄까? 어째 이 이야기는 자신과 무관하지 않다는 아무 근거 없는 촉이었지만, 이상하게도 한매가 했던 말의 뒷이야기가 듣고 싶어졌다. 두어 잔 들어간 술 때문일까? 그건 아니었다.

그냥 듣고 싶었다.

특히 말을 하려다가 만 부분 때문에. 그게 조휘의 마음을 마구 끌어당겼다.

"어머! 화끈하게 잘 넘기신다!"

"말 돌리지 말고, 그 뒷이야기나 해봐."

"아잉, 안 돼요, 무사님! 어찌 동종 업계 동료의 이야기를 팔 수 있겠어요?"

"좀 전에는 잘만 하더니만?"

"그, 그건 제가 조금 취해서……. 호호, 실수로 봐주시면 안 될까요? 이만 넘어가 주셔요! 대신 제가 한 곡 올릴게요."

그러더니 자리에서 일어나 창가 쪽에 있는 단상으로 올라가 비파를 켜기 시작했다. 듣기 좋은 소리가 방 안 가득 울렸다. 하지만 조휘는 음악에 조예가 없었다. 들어봐야 뭔 소린지 잘 알지도 못했다. 일다경 정도 곡을 연주한 한매가 다시 내려와 조휘의 앞에 앉았다.

"잘하네?"

"호호, 이거 하나로 연명하는 걸요?"

"그래. 그래서 그 뒷이야기는?"

"어머… 짓궂으시다."

한매가 그리 대답하며 난처하게 웃었다. 그러나 조휘가 빤히 바라보기만 하자 후우, 하고 한숨을 내쉬더니 잔을 들어 조휘에게 내밀었다. 한잔 달라는 의미였다. 조휘가 잔에 술을 따라주자 바로 두 손으로 받쳐 마시더니, 조심스러운 동작으로 잔을 상에 내려놨다.

"후아."

"취했나?"

"호호, 아까부터 조금 취했다니까요? 몇 번이나 말씀드렸는데."

하며 귀엽게 눈을 흘겼다.

조휘가 말없이 가만히 바라보자, 또 한 번 한숨을 내쉬더니 고개를 끄덕였다.

"알았어요, 말해드릴게요. 근데 이거 정말 비밀로 해주셔야 해요? 저 이거 퍼지면 욕을 아주 바가지로 얻어먹을 거예요."

"당연하지. 이래 봬도 호위를 했던 몸이라 입은 무거워."

"호호, 에이, 안 그래 보이시는데요?"

한매가 눈을 곱게 흘겼지만, 조휘는 어서 말해보라고 손짓만 할 뿐이었다. 그 손짓에 한매의 입이 결국 열렸다.

"성혜는요, 제 친구예요. 둘도 없는 친구."

…로 시작된 그 말은, 조휘가 딱 원하던 얘기였다. 일이 너무 잘 풀리고 있었지만, 조휘는 아직도 그 부분에 대해서는 의심을 하지 못했다.

제14장
개시(開始)

한매가 해줬던 말을 종합하면 이런 얘기가 된다.

하나, 성혜는 어떤 이의 악독한 계략으로 인해 현재 홍루에 기예를 팔고 있다. 둘, 그 악독한 계략은 성혜의 아버지를 옭아맸던 것이며, 그 후폭풍으로 성혜까지 휩쓸려갔다. 셋, 계략이란 성혜의 아버지가 운영하던 창고를 어떤 이가 가로챈 걸 말한다. 넷, 그 어떤 이는 방원이다. 다섯, 방원은 그에 만족하지 않고 성혜를 홍루에 팔았다. 여섯, 방원은 홍루에 판 걸로도 만족하지 못하고 성혜의 처녀지신을 강제로 빼앗았다.

그리고 가장 중요한 일곱, 성혜는 그런 방원에게 엄청난 복수심을 가지고 있다.

'조건은 딱 맞아.'

조력자를 찾고 있었다. 그런데 찾기 힘들 거라 생각해 방원의 행동을 관찰하려고 찾은 홍루에서 어쩌면 조력자가 될지도 모를 성혜를 만났다. 이는 우연인가, 아니면 필연인가? 조휘는 후자라 생각했다.

자신이 소산으로 돌아오니, 그의 죽음을 원하며 찾아오는 필연들 말이다.

눈을 뜬 조휘는 성혜에 대한 조사도 마쳤다. 이런 곳에서 조사란 그리 어렵지 않았다. 그리고 많이 할 것도 없었다.

정말 성혜가 그런 일을 겪었는지 안 겪었는지, 딱 이 부분에 대한 검증만 있으면 됐다. 답은 금방 나왔다. 점소이에게 저전 두 개로 얻어낸 것이다. 한매가 했던 말은 진짜였다. 성혜는 정말 조휘가 열거했던 모든 일을 당했다. 지금 방원에 대한 분노도 거의 극에 도달해 있는 게 맞았다. 이런 얘기도 있었다. 방원이 강제로 약을 먹여 성혜의 처녀지신을 빼앗은 지 얼마 되지도 않았으며, 그다음 날 성혜가 스스로 목을 매달아 목숨을 끊으려고 했었단다.

자세히 알아보니 이 이야기는 이미 파다하게 퍼져 있었다. 다들 방원이 적가의 총관이기 때문에 쉬쉬할 뿐이지, 그쪽 업계에 종사하는 이들은 전부 알고 있다는 것이다. 하지만 그래도 방원이 마르지 않는 금맥이다 보니 내치지 못하고 오히려 청하는 상황이라 했다. 방원이 한 번 행차하면 사인 가족이 최소 한 달은 먹고살 돈을 뿌리고 간다니까 말이다.

근데 웃긴 건, 이런 놈이 버젓이 정도의 탈을 뒤집어쓰고 행동한다는 것이다. 소산을 지배하는 적가의 총관이니 가능한 일이었고, 그래서 더 역겨웠다.

"개새끼……."

객방에서 홀로 앉아 있던 조휘의 입에서 육성으로 욕이 터져 나왔다. 정말 알면 알수록 꼭 죽여야겠다고 더 마음을 단단히 먹게 하는 놈이었다. 어떻게 생각해도 살려주고 싶은 마음이 개미 눈곱만큼도 들지 않아서 도리어 신기할 지경이었다. 조휘는 분노를 억지로 가라앉혔다.

심호흡 몇 번으로는 어림도 없었지만 냉정한 사고를 위해서는 마음의 안정은 필수였다. 반다경 가깝게 마음을 진정시킨 조휘는 다시금 찬찬히 생각에 잠겼다.

'이제 가장 먼저 할 일은?'

하나가 아니라, 두 개가 나왔다.

어느 하나도 밀어서는 안 되는 두 가지의 일.

'방원의 평소 행동 조사, 그리고 성혜.'

첫 번째도 필수고, 두 번째도 필수였다. 둘 다 소홀히 할 수 없는 일이라 조휘는 두 가지 일을 동시에 진행하기로 했다. 먼저 낮에는 방원을 미행한다. 그래서 하루하루 어떻게 움직이는지 전부 조사하기로 했다. 저녁은? 성혜에게 접근하기로 했다. 보니까, 방원은 어제 홍루에서 한 시진을 넘게 있었다. 정확하게 따져보면 한 시진 반. 이화매가 준 죽간에도 그리 적혀 있었다.

보통 이 정도 논다고.

그럼 그 시간 동안 방원이 어디로 들어가는지 파악하고, 조휘는 바로 수신루로 가 성혜를 만날 생각이었다.

그리고 설득할 작정이다.

해주겠다고.

복수.

무턱대고 들이밀 수는 없으니 시기를 잘 봐가며 설득을 해야 한다는 조건이 붙지만, 복수를 위해서라면 그 정도 수고쯤이야 열 번이고, 백 번이고 해줄 생각이 있었다.

원하는 것을 위해서라면 뭐든 하던 조휘다. 전장에서도 그랬으니, 이곳이라고 다를 바가 없었다. 오히려 더 간절한 마음으로 할 수 있었다.

'며칠이나 걸릴까?'

설득은 오래 걸리지 않을 거라 생각됐다. 길어야 일주일. 짧으면 내일 바로 설득할 수 있을 것이라 생각했다. 빠르면 빠를수록 좋다. 장소는 이미 마련했다. 준비도 전부 갖춰 놨다. 방원만 조용히 빼내면 모든 게 끝이다.

'아니, 시작이지.'

입술을 한 번 핥은 조휘는 해를 통해 시각을 확인한 뒤 밖으로 나와 홍루 거리로 갔다.

구석에서 잠시 기다리자 오늘도 방원이 등장했다. 정확히 해가 지는 시기에 도착한 것이다. 어둠을 벗 삼아 이제 또 향락을 즐길 것이다. 그런데 오늘의 방원은, 어제와는 달랐다. 뭐가 다르냐면,

'둘?'

혼자가 아니라 둘이 왔다는 점이었다.

왜소하지만 어딘가 야비하게 생겼고, 염소수염을 기른 사십 대 사내와 같이 왔다. 그런데 조휘의 눈에는 뭔가 이상함이 잡혔다. 평범한 사내가 아닌 것 같았다. 특히나 인상착의가 거슬렸다.

가판에 앉아 있는 조휘를 슥 스쳐 지나가는 두 사람. 그때, 두 사람의 대화가 조휘의 귀에 바람결에 실려 왔다.

'왜놈?'

분명, 분명 왜놈들이 사용하는 말이었다.

아이가도. 조휘의 귀에 들린 말이었다. 물론 제대로 들은 건 아니었지만, 이런 식은 분명 왜놈들이 쓰는 말투였다.

'이 새끼들, 왜구를 끌어들였어?'

당대 황제인 만력제는 왜와의 교역 자체를 금지시켰다. 애초에 현재 명의 정책이 쇄국정책이다. 쇄국정책(鎖國政策). 다른 나라와의 교역을 금하고, 문호를 굳게 닫아 거는 정책을 말한다. 이화매 제독이 이를 갈며 말했던 해금책도 쇄국정책의 또 다른 이름이라 할 수 있었다.

'그런 이 상황에 왜놈과 만났다고? 잠깐, 그러고 보니 적무영 이 새끼, 왜국에 나갔다고 했지. 연락통?'

그럴 수도 있고, 아닐 수도 있었다. 이건 특단의 조치를 내리기에는 너무 중한 사항이었다.

'왜 만난 거냐, 방원?'

그것도 저렇게 비열하게 생긴 놈과?

조휘는 머리가 복잡해졌다.

이런 건 사실 조휘의 영역이 아니었다. 이런 건 자신보다 위지룡이나 연 백호장이 훨씬 더 잘했다. 조휘는 정해진 것을 정확히 수행하는 쪽에 더 재능이 있었다. 그 수행 과정에서 나오는 변수를 임기응변으로 넘기는 것에도 재능이 있었다.

조휘는 상당한 거리를 두고 둘을 미행했다. 놈들은 수신루를 바로 지나치면 나오는 곳에 들어갔다. 조휘는 수신루 근방으로 향했다. 어제 한매에게 들은 결과, 모든 홍루는 방음이 철저하다고 했다. 어차피 따라 들어가 봐야 두 놈이 무슨 대화를 나누는지 알아내지는 못할 것이다. 기녀와 끈이라도 있다면 가능하겠지만, 조휘에게는 그런 것도 없었다. 대화 내용을 알아낼 방법은 아예 없었다.

어떻게 할까 고민하는데, 두 놈이 다시 나왔다. 그 뒤로 접객을 담당하는 기녀가 죄송하다고 연신 고개를 숙이는 모습도 보였다. 손을 휘휘 저은 놈이 수신루 쪽으로 왔다.

조휘는 바로 수신루 안으로 들어갔다. 그리고 이 층으로 올라가면서 어머! 하고 붙는 어제 본 기녀에게 짧게 주문을 했다.

"상은 어제와 똑같은 걸로, 아이는 성혜로 넣어."

"어머! 성혜요?"

"그래. 어제 못다 한 얘기나 나눌 겸 해서."

"호호호! 무사님, 이제 보니 승부 근성이 있으신 분이셨네요? 알겠어요. 지금 쉬고 있으니 바로 들일게요!"

"부탁하지."

그렇게 말한 조휘는 어제 갔던 방으로 향했다. 그리고 안으로 들어가 문을 살짝, 열어 놓았다. 두 놈도 따라 들어왔다. 자신의 뒤에서 방원의 목소리가 들렸으니 확실했다.

문을 살짝 열어놓고 조금 기다리니 방원과 왜놈이 올라왔다. 그리고 정확히 자신이 들어간 방의 정면의 방으로 들어갔다.

키히히히! 왜놈의 웃음이 들렸다. 저열함이 가득한 웃음. 전형적인 왜구의 웃음이었다. 요사스럽게 웃어 공포 분위기를 조성하는 왜놈들의 장기 중 하나가 바로 저 웃음이다.

'방원……'

이 미친 새끼가, 설마 왜구를 끌어들였나? 처음에 했던 생각이 다시 불쑥 튀어나왔다. 그러나 조휘는 고개를 천천히 저었다. 미친 짓이다. 걸리는 순간 구족이 멸족당할 것이다. 타협이라도 하는 순간 멸족이다. 삼족도 아니고, 무려 구족이 모조리 끌려가 죽는다. 왜구란 그런 존재였다. 폭탄. 어떻게 꼬여도 폭탄밖에 안 된다.

어머.

문을 드르륵 연 기녀들이 방 앞에 서 있는 조휘를 보고는 놀라 탄성을 흘렸다. 그에 조휘는 고개를 젓고는 바로 제자리로 가 앉았다. 기녀들이 상을 내려놓고 나가자, 성혜가 들어왔다. 성혜는 조휘를 보고는 좀 놀랐는지, 눈을 동그랗게 떴다. 조휘였는지 모르고 올라왔나 보다.

"앉아."

"네……."

약간 기가 죽은 눈빛이지만 어제와 거의 비슷했다. 성혜는 조휘의 앞에 조용히 앉았다. 그런 성혜를 가만히 바라보는 조휘. 말없이 잔을 들어 내미니, 성혜도 가만히 조휘의 눈을 보다가 잔에 술을 따랐다.

조휘는 바로 잔을 들어 들이켰다. 그러고는 다시 내밀었다. 더 따르라는 뜻이었다. 성혜는 말없이 잔에 술을 따랐다. 술을 따르는 성혜의 눈빛을 보던 조휘는, 아주 깊숙한 곳에 감추어져 있는 슬픔을 보았다. 복수심도 같이 보였다. 그런데 감추고 있는 거다. 그렇게 감정을 갈무리하고 있는 성혜가 새삼 다르게 보였다.

"대단하군."

"네?"

술을 따르다 말고 조휘를 바라보는 성혜. 그런 성혜에게 조휘는 고개를 젓고는, 마저 술을 따르라는 신호를 보냈다. 그러자 성혜는 또 살짝 표정이 굳었다. 조휘는 술을 바로 쭉쭉 받아 마셨다.

죽엽청이 든 자기 주전자가 벌써 반이나 줄었다. 덕분에 조휘의 눈동자는 붉게 물들어갔다. 덩달아 볼도. 취기가 올라온 것이다. 하지만 조휘는 이 정도로 흔들리지 않았다. 다만, 의도적으로 눈빛을 축 깔았다. 마치 뭔가 일이 있는 사람처럼. 성혜는 거기에 걸려들었다.

"무슨 일이 있었나요?"

"무슨 일이라."

질문의 의도는 물론 걱정이 아니었다. 감정을 실으려 노력한 것 같지만 역시나 무미건조했다. 감이 좋은 조휘에게는 아주 확실하게 느껴졌다. 그냥 물은 것이다. 그냥. 정말 큰 의미 없는 질문이었다. 그러나 이게 바로 조휘가 원하던 질문이었다.

"있지."

"……."

조휘의 대답에 성혜가 눈을 동그랗게 떴다. 조휘는 시선을 문 쪽으로 향했다. 그리고 감정을 의도적으로 확 잡고는 낮게 으르렁거렸다.

"저 앞에… 찢어 죽여야 할 새끼가 있거든."

"……."

들어봤나?

그 새끼 이름, 방원이라고 하는데…….

큭큭! 자조적인 웃음을 흘리는 조휘를 보는 성혜의 눈빛에 서서히 파랑이 일기 시작했다.

그날 이후 일주일이 더 지나고 나서야 모든 준비가 끝났다. 성혜를 설득하는 걸 끝으로 이제 딱 실행만 남았다. 실행일은 주에 한 번, 성혜가 쉬는 날로 잡았다. 그래야 그녀가 자유롭게 움직일 수 있기 때문이다.

조휘는 방원이 기루에 들어가는 걸 확인하고는 홍루가 입구에 있는 객잔의 이 층에 자리 잡았다. 이곳의 난간에서는 홍루에 들어서는, 혹은 질펀하게 놀다가 나가는 이들을 모두 확인할 수가 있었다.

관찰하기에는 딱 좋은 위치라 할 수 있었다.

"정말, 할 수 있죠?"

그런 조휘에 앞에 앉아 있는 여인, 성혜가 조용한 목소리로 물어왔다. 조휘는 시선을 거두고 성혜를 바라봤다. 수신루에 있을 때와는 전혀 다른 복장을 갖췄다. 그곳에서는 화려한 옷을 입었지만, 지금은 수수하다 못해 시골 아낙 같은 옷을 입고 있었다. 생김새도 화려하지 않은 편이라 이 여인이 정말 수신루의 성혜인지, 아니면 시골 여인인지 헷갈릴 정도였다.

"할 수 있습니다."

조휘는 고개를 끄덕이며, 성혜의 불안감에 대한 답을 내줬다. 성혜는 오래 버텼다. 무려 사 일, 사 일이나 버티고 나서야 수락했다.

버틴 이유는 하나였다.

조휘처럼 자신의 손으로 복수를 하고 싶었던 모양이었다. 그래서 버티고 버티다가 결국 조휘에게 협력하기로 했다.

그녀가 마음을 바꾼 것은 현실적으로 복수하기가 힘들기 때문이었다.

방원에 대한 소문은 기루에 많이 돌아다닌다. 그중 하나가 바로… 한 번 꺾은 꽃은 두 번 다시 손대지 않는다는 것. 이건 진실이었다. 그걸 아는 성혜는 자신이 방원에게 접근할 수 있는 방법이 없다는 걸 깨달았고, 결국 체념하고 조휘와 같이 복수하는 방법을 택했다. 물론 그걸 일깨워 준 게 바로 조휘다.

"다시 한 번 말하자면, 당신이 해줄 일은 하나입니다."

"알아요. 무사님이 신호를 주면 어떻게 해서든 서쪽 입구의 보초들을 그 자리에서 이탈하게 만드는 것."

"맞습니다. 그것만 해주면 됩니다. 그리고 내일, 어제 저와 갔었던 곳으로 찾아오면 됩니다."

"알겠어요."

하루가 더 걸린 이유, 성혜에게 조휘가 찾은 장소를 알려주기 위함이었다. 복수는⋯ 같이하기로 했다. 이것도 조휘가 성혜를 설득하며 내건 조건 중 하나였다. 아니, 성혜가 원한 일이었다. 이게 없으면 도움을 주지 않는다고 했고, 고민 끝에 조휘는 받아들였다. 스스로 원한 완벽함을 위해, 혼자 하는 복수를 둘이 하는 복수로 양보한 것이다. 물론 성혜는 조휘가 하는 걸 지켜볼 것이다. 모든 복수를 맡아 하는 건, 조휘가 하기로 이미 결론이 난 상태였다.

이후 두 사람은 말이 없었다.

서로 이번 복수를 위해 뭉치기는 했지만 친한 사이는 아니었다. 나눌 대화가 있다고 해도 서서히 탁자에 앉는 사람들 때문에 이 자리에서 대화를 나누기에는 곤란했다.

가볍게 식사를 하고, 한참을 기다리자 드디어 방원이 나올 시간이 됐다. 조휘가 자리에서 먼저 일어나 나갔다. 그리고 성혜가 뜸을 좀 들이다가 따라 나왔다. 둘은 같이 움직이지 않았다.

성혜는 서문 쪽으로 갔고, 조휘는 준비를 해놓은 곳으로 갔다. 적가로 향하는 길목 중 방원을 치기에 가장 적당한 장소가 두 군데 있었는데, 그중 적가와 거리가 먼 곳을 실행 장소로 잡았다.

근데 이곳으로 올까?

'분명 온다.'

이미 방원이 돌아가는 길을 확인했다. 방원은 지금까지 단한 번도 이 길 말고 다른 곳으로 돌아간 적이 없었다. 항상 최단거리인 이 도로를 걸어 적가로 돌아갔다. 그러니 오늘도 마찬가지일 것이다.

반드시, 반드시 이곳으로 온다.

골목에 숨어 차분히 마음을 가다듬는 조휘. 하지만 심장은 발작이라도 일으킨 것처럼 뛰고 있었다.

'시작, 이제 시작이다. 드디어……'

복수를 시작할 수 있었다.

이날을 얼마나 기다렸던가. 꿈에도 몇 번이고 나올 정도로 원하던 순간이었다. 그렇기 때문에 심장은 이 골목에 몸을 들이자마자 고장 나버렸다. 격렬한 흥분이 육체를 뜨겁게 달궜다. 하지만 조휘는 이성만큼은 철저하게 통제했다. 한 번의 실수가 천추의 한으로 남게 될 것이다.

그것만큼은 피하고 싶었다.

흐흐흥, 흐으응.

저 멀리서 흥얼거리는 소리가 들렸다. 조휘는 바로 알아차렸다.

'왔다……'

드디어 방원이 모습을 나타낸 것이다. 그럼에도 조휘는 기다렸다. 당장이라도 튀어나가고 싶지만, 그래서는 안 된다. 사정거리 안으로 들어올 때까지 조휘는 이를 악물고 참았다.

저벅저벅하는 소리가 점차 가까워졌다. 오십 보, 사십 보,

삼십 보.

'이십, 십오, 십……'

스윽.

조휘는 준비한 복면을 뒤집어쓰고 몸을 일으켰다. 그리고 조용히 단도를 양손에 쥐고 골목 밖으로 걸어 나갔다.

"음?"

"……"

방원이 걸음을 멈추고 조휘를 봤다. 조휘도 방원을 바라봤다. 그래, 저 얼굴이다. 자신에게 군역의 형벌이 떨어질 때, 방원도 그 자리에 있었다. 적운양, 적무영은 없었고, 방원만 판결을 확인하러 왔었다.

그때, 그때… 봤던 얼굴이 틀림없었다.

꿈에서도 잊을 수 없는 얼굴.

"허어, 아직도 소산에서 나를 노리는 놈이 있을 줄은 몰랐는데. 흐흐흐."

스르릉.

방원은 조휘가 반가운 손님이 아니라는 것을 알았는지, 비열한 웃음을 흘리며 허리춤에서 도를 뽑았다.

"그래, 유언은 작성하고 왔고?"

까닥까닥.

방원이 도를 들어 조휘에게 까닥거렸다. 같잖은……. 조휘는 지금 이 순간, 할 말이 없었다. 지금은 하지 않아도 되니까. 어차피 서로 대화할 시간은 많았다.

저벅, 저벅.

파박!

조휘는 두어 걸음 걷다가 바로 몸을 날렸다.

깡!

어깨를 후려친 단도를 방원이 도로써 빠르게 막았다. 불꽃이 훅 튀기며 일순간 사위를 밝혔지만 강대한 어둠에 먹혀 사라졌다.

깡! 깡!

"큭큭! 제법인데? 어디서 칼 좀 썼나 봐?"

"……"

휘리릭!

조휘의 몸이 회전하면서 도를 가로로 쭉 그었다. 깡! 그것도 막혔다. 역시 실력은 제법이었다. 하지만 제법, 딱 그 정도이기도 했다.

"뭐야, 이 정도로 날 죽이러 왔나? 이거 실망인데? 흐흐!"

술기운 때문에 그런가? 방원은 말이 많았다. 지금 자신을 노리는 이가, 왜구들에게 마도라 불린다는 걸 알았다면 아마도 지금처럼 여유 있지는 않았을 것이다. 조휘가 한 공격을 모두 막아내 자신감이 생긴 것일 거다. 하지만 방원은 모른다. 지금 조휘의 공격은 일부러 막기 편하게 한 것임을.

방심을 끌어내기 위해서였다.

그래서 틈이 나면 한 방에 빡! 기절시킬 생각이었다.

"흡!"

쉭!

방원의 도가 조휘의 옆구리 근처를 휩쓸고 지나갔다. 하지만 의복만 살짝 베었고, 조휘는 이미 피해 몸을 뒤로 살짝 빼고 있었다.

"도망가지 말라고. 흐흐흐!"

그러면서 조휘에게 몸을 날리는 방원. 얼굴에는 아직도 웃음이 머물러 있었다. 이미 자신의 실력이 더 낮다는 판단을 내렸나 보다. 그걸 보던 조휘는,

'반각도 길겠어.'

애초 예상했던 것보다 훨씬 빠르게 마무리할 수 있을 것 같았다.

"흐압!"

일도양단.

수직으로 들어 올린 도(刀)로 조휘의 머리통을 그대로 쪼개오는 방원. 어설펐다. 그리고 너무 동작이 컸다. 이 정도는 진짜…….

지이익!

조휘는 오른발을 앞으로 밀면서 상체를 비스듬히 돌렸다. 콱! 그러자 방원의 도는 애꿎은 땅을 때렸고, 조휘는 그 소리를 들으며 회전에 더욱 힘을 줬다. 그때 방원의 신형이 흔들렸

다. 취기에 중심이 흔들린 것이다.

그걸 놓칠 조휘가 아니었다.

왼발이 뒤로 쭉 돌며 회전에 탄력이 붙었고, 이미 팔꿈치는 곱게 접혀 있었다. 그리고… 빡! 둔탁한 소음이 뒤따랐다.

털썩.

도를 뽑아 일어나다가 그대로 팔꿈치에 아래턱을 얻어맞은 방원은 그대로 정신을 잃었다.

쉬웠다.

허무할 정도로.

방원이 정상이었다면 물론 반각은 갔을 것이다. 하지만 방원은 이미 기루에서 질펀하게 놀다 귀가하던 상태였다.

취기가 올라 신형이 흔들릴 만큼 육체의 제어가 안 되는 상황이었다. 목을 딸 생각이었으면 이미 벌써 땄을 것이다. 무조건 이길 수밖에 없는 상황을 조휘가 만들어 놓은 상태란 소리다.

조휘는 쓰러진 방원의 옷깃을 잡고 골목으로 끌었다. 축 늘어져서 그런지 제법 무거웠다. 하지만 이 정도야, 수백 번 이상 끌어봤던 조휘다. 타격대는 언제나 죽음을 곁에 두던 곳이니까.

어렵지 않게 골목으로 방원을 끌고 온 조휘는 짐수레에 씌워 놓은 두터운 방수포를 걷었다. 그리고 미리 준비해 뒀던 사발을 들었다. 복면을 했는데도 찌르르한 지린내가 후각을 통해 느껴졌다. 길초근(吉草根)이란 약재를 달인 물이다. 신경 안정, 수면 유도를 하는 약재로 타격대에서는 창고에 쌓여 있었던 약재이기도 했다. 용도는 딱 하나였다. 살인의 후유증, 죽음의 공포에 떨던 놈들에게 먹이기 위해서였다. 세게 달여 먹이면 미쳐 있던 놈도 스르륵, 잠들 정도로 약효가 좋은 놈이다.

"……"

조휘는 잠시 사발을 바라보다, 기절한 방원의 턱을 잡고 입을 열어 사발을 천천히 기울였다. 그리고 코를 꽉 막아 강제로 삼키도록 만들었다. 큼지막한 길초근 두 개에, 물은 조금 넣고 끓였으니 못해도 내일 아침까지는 절대 일어나지 못할 것이다.

사발을 다시 수레에 넣고, 방원도 끌어올려 수레에 실었다. 그리고 촤악, 방수포로 그 위를 덮었다.

말없이 앞으로 가 나귀의 줄을 풀어 끄는 조휘. 히히힝, 낮게 울음을 흘린 나귀가 조휘의 손길을 따라 걷기 시작했다.

가다가 바닥에 떨어진 방원의 도(刀)도 챙겨 수레에 넣고, 서문 쪽으로 천천히 걸었다. 심장이 쿵쿵 뛰고 있었다. 좋다. 너무 좋게 여기까지 왔다. 방원은 손쉽게 잡았으니 이제 동굴로 가기만 하면 된다.

'아직, 아직이야……'

희열은 소산을 벗어난 뒤 만끽해도 늦지 않았다. 의심받지 않기 위해 천천히 거리를 이동해 서문 쪽으로 오자, 저 멀리, 약속한 장소인 골목 어귀에 조용히 서 있는 성혜가 보였다.

"······."

"······."

두 사람의 눈빛이 마주쳤다. 성공했어요? 시작해요? 이렇게 묻고 있는 것 같았다. 조휘는 잠시 뒤, 고개를 끄덕였다.

그러자,

성혜가 깊게 숨을 들이마셨다가,

"꺄아아아아아!"

귀를 찢는 비명을 토해냈다. 그 소리는 조용하던 밤하늘을 찢으며 울려 퍼졌다.

"뭐, 뭐야!"

"저기! 저쪽에서 들렸어!"

그 비명 한 방에 서문의 번을 서던 보초들이 전부 성혜가 있는 곳으로 달려갔다. 여인의 비명. 아주 고전적인 방법이지만 효과만큼은 확실했다. 보초들이 달려오자 성혜는 서문의 반대쪽으로, 살려주세요! 살려주세요! 비명을 지르면서 뛰기 시작했다. 그러자 보초들은 더욱 발을 놀려 성혜를 쫓았고, 이윽고 조휘를 지나쳤다.

'확실하네.'

피식.

성혜의 방법에 만족한 조휘는 나귀를 끌고 입구로 나갔다.
그리고 평야에 가득 펼쳐진 어둠 속으로 조용히 스며들었다.
아니, 스며들 생각이었다.

투둥……!
투두두두둥……!

밤하늘을 진동시키는 포(砲) 소리만 없었다면 말이다.

제15장

왜구(倭寇)

조휘의 움직임은 바로 멈췄다.

'포……?'

모를 리가 없었다. 뢰주에서 지겹도록 들었던 소리이기 때문이다.

근거리라면 쾅! 쾅! 하겠지만, 거리가 멀면 투둥! 투웅! 하고 공간이 진동하는 소리로 들려온다. 그리고 이것은 그야말로 사신의 소리였다. 함선에 직격하면 그 함선은 그대로 박살이 났다. 폭발하건, 안 하건 포탄은 그대로 함선이 가지고 있는 기능을 상실하게 만든다. 이 소리는 분명 그 소리였다.

하지만 그럴 리 없었다.

'여긴 소산인데⋯⋯?'

항주 바로 밑, 소산현이다. 미치지 않은 이상 이곳까지 들어 올 리가 없는데?

쉬이이익!

밤하늘을 가르는 소리가 뒤이어 조휘의 귀로 들어왔다. 그 러나 이 순간, 조휘는 현실을 부정했다.

'아니겠⋯⋯.'

콰과광!

쾅!

콰앙!

조휘의 부정은 끝까지 이어지지 않았다.

"컥!"

조휘가 나왔던 서문 근처에 비격진천뢰의 한 종류로 보이 는 포탄 하나가 떨어졌다. 폭발은 바로 일어났다. 거대한 폭발 성이 울리고, 후폭풍이 뒤이어 터지며 조휘의 신형을 훅 밀어 냈다. 외마디 비명과 함께 나귀의 고삐를 놓친 조휘가 앞으로 쭉 날아가 바닥에 처박혔다.

히히힝!

나귀가 폭발 소리에 놀라 달리기 시작했다. 하지만 힘 있는 나귀도 아니고, 뒤에 수레도 달고 있는 마당이라 그 속도는 빠르지 못했다.

"크윽⋯⋯."

그것도 모르고 신음을 토하기만 하는 조휘. 윙윙! 이명이 울려왔다. 강력한 폭발 소리가 고막에 타격을 준 것이다. 그러나 조휘는 경험이 많았고, 정신을 차리는 것도 빨랐다. 급히 일어나 앞으로 무작정 내달리는 나귀를 쫓아 달려갔다. 허벅지에 힘이 훅 올라오면서 폭발적으로 달린 조휘는 금세 나귀를 따라잡은 후 워워, 하며 달랬다. 복수심에 대한 조휘의 집착, 그 자체가 돋보이는 순간이었다. 나귀를 잡은 조휘는 천천히 신형을 뒤로 돌려세웠다.

"……."

말문이 턱 막혔다.

거대한 화마가, 정말 너무나 거대한 화마가 소산현에 강림했다. 새빨간 혓바닥을 날름거리며 주변에 있는 모든 것에 자신의 권능을 옮겨 붙였다. 조휘는 아직도 멍했다. 위이이이잉, 이명도 가라앉지 않았고, 상황 파악도 아직 제대로 되지 않고 있었다.

"이게 지금… 무슨……."

불붙은 소산현을 멍하니 바라보면서 조휘는 정신을 조금씩 차려갔다. 그 속도는 꽤나 느렸다. 이성이 제대로 자리 잡으려면 시간이 좀 필요할 것 같았다. 그러한 와중에 조휘는 가장 중요한 걸 깨달았다.

"기습……?"

약탈?

침략?

전쟁?

갖가지 단어들이 머릿속에 떠오르며 현 상태를 빠르게 조휘에게 자각시켰다. 저 단어 속에서 조휘는 답을 찾아냈다.

"왜구……?"

이… 개새끼들!

욕이 훅 올라왔다.

으득!

이런 경험이 넘치다 보니 그나마 빨리 자각한 것이다. 이미 밤하늘의 어둠은 사라지고, 거대한 화마가 자리 잡았기에 세상은… 밝아져 버렸다. 짝! 짝짝! 손바닥으로 자신의 뺨을 몇 번 후려치자, 정신이 더 빨리 제자리를 잡아갔다.

"성혜."

제자리를 잡은 정신이 지금 당장 해야 할 일을 떠올리게 만들었다. 서문에 있을 것이다. 조휘가 나오고, 포 소리가 울리고, 포탄이 소산에 직격한 지 아직 얼마 지니지 않았을 것이다.

몸이 훅 움직이려는 찰나, 조휘는 시선이 저절로 수레로 향했다.

"……"

이런 중요한 순간에, 이제 다 된 찰나에 재가 뿌려져도 정말 단단히 뿌려졌다. 세상 돌아가는 일은 누구도 알 수 없다는 걸 알았지만, 그래도 정말 이따위로 돌아갈 줄은 상상도 하지 못했다.

휙휙!

저 멀리 큰 나무 하나를 찾은 조휘는 급히 그곳으로 가 나귀를 묶었다. 방원이야 어차피 아침 해가 뜰 때까지 정신을 차리지 못할 것이다. 하지만 혹시 모르니 줄로 단단히 사지를 구속해 놓고, 수레에 실어 뒀던 풍신을 들었다. 단도도 허리 뒤에 쑤셔 넣은 조휘는 다시 소산현을 바라봤다.

으아아!

아아악!

엄마! 아빠!

기습 포격에 일어난 처절한 비명이 바람결에 조휘의 귀로 들려왔다.

으득!

이가 악물리며 분노가 확 치밀어 올랐다. 전역하고 나서도, 복수를 시작할 이 순간에도 저 찢어 죽여도 시원찮을 개새끼에게 방해를 받다니. 눈이 확 뒤집혔다. 살심이 순식간에 두 눈 가득 차오르고, 조휘의 신형이 튕기듯이 소산으로 내달렸다. 거리는 가까우니 금방이다. 서문은 이미 개 박살이 나 있었다. 군데군데 피어오른 불을 한 번에 뛰어넘어 소산으로 들어서는 조휘.

바닥에 내려서자마자 풍신을 강하게 쥐고 사방을 살폈다.

성혜를 찾기 위함이었다. 그녀, 조휘가 끌어들였다. 도움을 주려고 개입한 것도 아니고, 자신의 복수를 위해 끌어들였다. 조휘가 끌어들이지 않았다면 이곳에 있지도 않았을 것이다. 그래서 조휘는 제발 그녀가 무사하길 빌었다.

"성혜 아가씨!"

으아!

으아악!

비명 속에 울려 퍼진 조휘의 외침이 피식, 꺼져버렸다. 조휘는 재차 외쳤다. 성혜 아가씨! 성혜 아가씨, 어디 계십니까! 무사하십니까! 외치고 또 외쳤다. 자신 때문에 이곳에 있던 그녀가 무사하길 빌었다.

조휘는 계속 성혜를 부르면서 안쪽으로 들어갔다. 아까 그녀가 소리치며 도망쳤던 곳이다. 사방이 난리라 사람을 찾는 건 쉽지 않았지만, 그래도 조휘는 포기하지 않고 꼼꼼히 살피면서 들어갔다.

"성혜 아가씨!"

아가씨!

아가씨! 어디 계십니까! 성혜 아가씨!

그렇게 계속 소리치던 조휘는 힘없이 진 무시님… 하고 중얼거리는 듯한 소리를 들었다. 정신을 집중하고 있어서 정말 운 좋게 들은 소리였다. 고개를 돌려 보니 한 골목 어귀에 쓰러져 있는 성혜를 발견할 수 있었다.

조휘는 급히 달려갔다.

"괜찮습니까?"

"네, 네에……. 으윽!"

그 신음 소리에 조휘의 눈이 빠르게 성혜의 몸을 훑었다. 밤이지만 진천뢰에 얻어맞은 소산은 밝았다. 발목 부근을 깔아뭉갠 둥그런 나무 기둥이 보였다. 시선을 들어 보니 골목 어귀의 집에서 떨어져 나온 기둥 같았다. 조휘의 머릿속에 바로 상황이 그려졌다. 폭발 소리에 놀라 그대로 쓰러졌고, 기둥이 떨어져 성혜의 발목을 찍었다.

조휘는 나무 기둥을 두 손으로 잡고 들어 올렸다.

"으……!"

그러자 성혜가 또다시 날카로운 신음을 흘렸다. 얼굴은 사정없이 찌푸려져 있었다. 기둥을 치운 조휘가 급히 발목을 살폈다. 제대로 보이지 않았지만 움푹 파인 게 보였다. 그에 조휘는 인상을 찌푸렸다.

이런 상처라면…….

'빌어먹을…….'

뼈에 이상이 갔다는 소리였다.

부러졌는지, 금이 갔는지, 파였는지는 잘 모른다. 의술에 조예가 깊지는 않으니까. 하지만 뼈가 다친 것만큼은 확실해 보였다.

근육이 아닌 뼈에 이상이 가면? 정말 미치도록 아프다. 단순히 아프다고 말할 수 있는 단계를 넘어선 고통이 찾아온다. 게다가 뼈까지 다칠 정도로 타격이 가면, 근육도 당연히 망가졌을 것이다. 조휘도 다쳐봤기 때문에 확신할 수 있었다. 부욱! 조휘는 상의를 벗어 쭉쭉 찢어버렸다. 그리고 급히 주변에서 평평한 판자 하나를 가지고 왔다. 이후 세 조각으로 쪼갠 다음 조심스럽게 성혜의 발바닥, 양쪽 발목 쪽에 덧댔다. 이후 찢어낸 옷으로 발목을 감기 시작했다.

"아악!"

그녀는 뾰족하다 못해 밤하늘조차 뚫어버릴 비명을 내질렀다. 이해한다. 정말 죽도록 아플 것이다.

"참으십시오."

"아파, 아파요……."

입술을 질끈 깨문 조휘의 말에 성혜는 입술을 덜덜 떨면서 아프다는 말을 반복했다. 이성이 살짝 날아간 것이다. 폭음, 화마, 발목의 통증, 이 모든 걸 아직 이해조차 하지 못한 상태였다. 조휘의 부름에 답한 것은 아마, 본능이었을 것이다. 조휘는 그에 감사하며 조치를 취해갔다.

'느슨하게 해서는 안 돼…….'

그녀의 상태를 생각하면 최대한 살살 매주고 싶지만, 오히려 그게 더 안 좋게 작용할 거라는 걸 조휘는 알았다. 이런 상황이면 좀 더 단단하게 매야 했다. 그래야 지탱이 된다. 양손에 힘을 주고 천을 천천히 당기는 조휘.

"아아악!"

"……."

성혜가 다시 자지러지는 비명을 내질렀다. 그에 조휘는 또 이를 악물었다. 자신 때문에 다친 여자다. 책임감과 함께, 자괴감도 같이 엄습했다.

"아파요, 사, 살살……. 제발… 아아……! 아악! 아아아악!"

조휘에게 빌다가, 다시금 비명을 내지르는 성혜. 안타깝지만 이건 꼭 해야 했다. 왜? 도망가야 했기 때문이다.

조휘는 경험으로 아주 잘 안다. 이게 끝이 아니었다. 이후, 상륙이 시작될 것이다. 누가? 왜구다. 빌어먹을 왜구들이 이제 약탈을 시작할 것이다. 처음 포격은 이쪽의 정신을 빼버리기 위한 전략이고, 진짜는 소선을 타고 육지로 다가와 행해질 약탈이다. 약탈할 종류는… 모든 것이다. 돈이 되는 물건이라면 정말 가리지 않고 쓸어간다. 심지어… 사람까지. 아니, 사람이 가장 손쉽게 잡을 수 있고, 값비싼 물건이라고 생각할 정도였다. 이게 왜구가 침략하는 이유였다.

그러니… 도망쳐야 했다. 포격 소리를 봐서, 최소한 소산으로 향한 왜구는 함선 여섯에서 일곱 척이다. 여기서 백씩만 내려도… 적어도 육백이다. 적다고? 절대, 전혀! 전혀 적은 숫자가 아니었다.

"아악! 아아아……!"

"다 끝났습니다. 조금만, 조금만… 참으십시오."

꾸욱!

마지막 매듭을 지음으로써 대충 응급처치가 끝났고, 조휘는 바로 성혜의 상체를 안아 일으켜 세웠다. 얼굴을 잔뜩 일그러뜨리고, 눈물을 뚝뚝 흘리면서도 성혜는 조휘의 행동에 보조를 맞췄다.

그녀도 본능적으로 아는 것 같았다.

이 자리에서 이탈해야 한다는 것을.

"도망쳐야 합니다. 제가 부축할 테니 제발 포기하지 말고 보조만 맞추십시오."

"네, 네에, 네에……! 윽!"

정신을 아득히 멀리 보낸 것 같았지만, 용케 대답을 하고 있다는 게 더 중요했다. 어쨌든 말귀를 알아듣고는 있다는 소리니까.

조휘는 성혜의 팔을 들어 부축을 한 다음 다시 서문 쪽으로 향하기 시작했다. 멀지 않다. 조금만, 조금만 더 가면 된다.

딱 나귀를 묶어 놓은 곳까지. 그럼 성혜를 수레에 앉히고 바로 떠날 수 있었다.

'제발, 제발!'

그래서 조휘는 속으로 빌었다. 지금 이 순간, 제발 왜구들과 마주치지 않기를. 하지만 조휘의 기도는 이번에도 통하지 않았다. 뒤쪽에서 비명이 또다시 들리기 시작한 것이다. 그리고 비명과 동시에 귀에 익은 괴소도 들렸다.

크히히히히!

키키키키키!

더럽고, 비열하고, 저속하고, 야비한 단어들을 모조리 갖다 붙여도 될 소성(笑聲)들이 멀지 않은 곳에서부터 들렸다. 이게 뜻하는 건 역시 하나밖에 없었다. 이미 왜구들이 소산 안으로 들어섰다는 뜻이었다.

으득!

"아아⋯⋯."

성혜도 그 소리를 들었는지, 탄식을 흘려냈다. 입술을 꾹 깨문 조휘는 성혜를 계속 이끌면서 힘 있는 어조로 말했다.

"갑니다. 제가 지켜줄 테니 걱정 말고, 절대 포기하지 말고!"

조휘는 일부러 단어마다 힘을 팍팍 줘서, 성혜를 안심시켰다. 성혜는 조휘의 말에 고개만 겨우 끄덕였다. 기력이 많이 떨어졌다. 그래서 조휘는 더욱 힘을 줘 질질 끌고 움직였다.

아직도 화르르 불타는 서문이 어렴풋이 보였다. 얼마나 걸릴까? 이 속도라면 대략 일다경. 하지만 일다경도 길었다. 입술을 깨물고 반다경을 움직였을 때, 크헤헤헤헤! 하는 소리가 등 뒤에서부터 느껴졌다. 의도적인 괴소다. 사람의 이성을 날려버리려는. 그리고 그 의도는 성혜에게는 확실히 먹혔다. 흠칫! 몸에 잔뜩 힘이 들어가 굳어가는 성혜를 느낀 조휘는 걸음을 멈췄다. 그러자 성혜가 고개를 들어 조휘를 바라봤다.

"⋯⋯"

"……."

조휘는 잠시의 눈 맞춤 뒤, 성혜를 바닥에 내려놓고 뒤로 돌았다. 도망치기에는 이미 늦었다고 판단되었기 때문이다. 돌아서니 저 멀리 일단의 무리가 보였다.

"개새끼들이……."

거친 욕설과 함께 화르르 불타오르기 시작한 조휘의 눈빛. '마'를 불러내고, 바로 받아들인 조휘가 마주 달려 나갔다.

타다다닷!

"크하핫!"

가장 선두에 있던 놈이 달려오던 속도 그대로 조휘에게 몸을 날렸다. 그으응……! 풍신이 도집을 긁으며 빛살처럼 뽑혀 나왔다.

그아앙!

까강!

파삭!

완벽한 발도가 왜놈의 도를 박살내 버렸다. 그러고도 여전히 힘은 죽지 않았다. 조금의 경로도 이탈하지 않은 채 궤적을 그렸고,

서걱!

왜놈의 목을 그대로 잘라버렸다.

피 분수가 확 솟구치면서 놈이 앞으로 풀썩 쓰러졌다. 솟구친 피를 그대로 얻어맞은 조휘는 천천히 도를 회수했다. 타오

르는 화마에 비친 조휘는, 이미 완전한 마도(魔刀)로 변해 있었다.

"……."

"……."

아주 잠깐의 정적이 이어졌고, 그 틈을 타 조휘는 왜구의 수를 파악했다. 조금 전에 목을 날린 놈까지 합쳐 열.

'제길…….'

생각보다 많았다. 무려 아홉이나 남았기 때문이다. 주박채나 마적, 용강회에서는 스물이 넘는 것들도 상대했으면서 지금은 반대로 적이 많다고 생각하는 조휘였다. 그 이유는 왜구는 그런 어중이떠중이들과 비교가 불가능할 정도로 강했기 때문이다. 그냥 하는 말이 아니다. 왜구는 산적, 마적, 뒷골목 쓰레기들과는 질적으로 달랐다. 일단 훨씬 강하다. 무수한 약탈로 살아남은 왜구들은 무력 자체도 뛰어났다. 제대로 된 놈들은 타격대원들과 견주어도 밀리지 않을 정도다. 두 번째 이유로는 역시 정신 상태다. 학살을 자행하면서 살아남은 놈들이다.

동료의 죽음에도 눈썹 한 번 꿈틀거리지 않는다. 그 예로 지금도 조휘를 보며 입술을 말아 올리고 있었다. 스르릅, 혀로 입술을 핥는 놈들도 있었다. 마치 맛있는 먹이를 찾았다는 눈빛을 하고서 말이다.

결론만 말하자면 이놈들이 훨씬 위험했다. 조휘의 기세에도 물러서지 않는 독심과 조금이라도 한눈을 팔면 조휘의 몸에 칼집을 놓을 실력도 가지고 있는 놈들이다.

"키히히."

진득한 살소를 풍기며 가장 앞에 있던 놈이 조휘에게 슬금슬금 다가왔다. 그러자 그 뒤에 있던 놈들 중 두 놈이 양옆으로 날개처럼 퍼져 진형을 짜기 시작했다.

'역시……'

싸울 줄 아는 놈들이었다.

삼면을 포위하겠다는 심산이지만, 조휘는 그렇게 호락호락하지 않았다. 살짝 비켜서며 왜놈들이 만드는 삼면의 포위망의 중심에서 벗어났고, 언제고 움직일 수 있도록 몸에 긴장도를 쭉 끌어 올려놨다.

뇌관이다.

진천뢰가 터지는 역할을 하는 게 뇌관이란 놈이다. 조휘의 육체에선 그 역할을 근육과 정신이 동시에 맡고 있었다.

키하!

악귀 같은 외침을 토해내며 정면의 놈이 확 달려들었다. 손에 든 익숙한 무기로 조휘의 머리통을 쪼갤 심산인지, 아주 정직했지만 그 속도만큼은 빨랐다. 쉭! 소리가 나면서 벌써 조휘의 대가리를 향해 떨어지고 있었다.

그러나 그 정도에 당할 조휘가 아니다.

"흡!"

깡!

"크흐!"

마도의 별호는, 결코 가볍지 않음이다. 왜구의 도가 튕겨 올라가고, 풍신을 잡은 조휘의 두 손목이 뒤바뀌었다. 이후 쭉! 그었다.

스가악!

더러운 몸뚱이를 그대로 베어버린 풍신. 키하하! 동시에 가장 멀리, 그리고 앞으로 나와 있던 놈이 몸을 날렸다. 그에 조휘의 눈이 확 치켜떠졌다. 자신이 아닌, 성혜에게 몸을 날렸기 때문이다.

조휘의 몸이 뒤로 빠지면서 오른손이 허리 뒤로 가 단도를 잡았고, 그대로 뽑아 던졌다.

쉭!

푹!

빛살처럼 뻗어진 단도가 달리던 놈과의 거리를 급속도로 좁히고는 목에 정확히 꽂혔다. 공간 감각이 뛰어나지 않으면 어림도 없는 일을 손쉽게 해낸 조휘는 바로 뒤로 쓰러지듯 누우며 굴렀다. 팍! 쉬익! 조휘가 있던 자리로 두터운 도가 처박혔고, 옆구리 쪽으로는 낫같이 생긴 무기가 스쳐 지나갔다. 그렇게 두 무기를 피한 다음 상체를 세우는데, 공격한 두 놈 말고 다른 한 놈이 그 사이로 툭 튀어나오더니 조휘에게 그대로 몸을 날렸다.

"키엑!"

"큭!"

깡!

풍신을 세워 떨어지는 도끼를 막고, 정강이를 툭 밀어 찼다. 그러자 중심을 잃고 앞으로 엎어지는 놈의 목 쪽에, 허리춤에 남은 단도를 번개처럼 가져다 댔다. 푹! 피하지도 못하고 목에 단도를 꽂은 놈은 그대로 크륵, 크륵거리면서 요동을 쳤고, 조휘는 빠르게 도를 뽑아내고 놈을 밀친 다음 다시 몸을 뒤로 굴렸다. 콱콱! 땅거죽이 움푹 파였다. 그러나 조휘는 그걸 확인할 생각이 없었다. 몸을 굴린 다음 바로 일어서 신형을 돌려 바로 달렸다. 이유는 하나, 두 놈이 다시 성혜에게 달려가고 있었기 때문이다.

으득!

빌어먹을!

이 새끼들은 역시 전투를 제대로 할 줄 아는 놈들이다. 조휘를 노려 시각 자체를 빼앗고, 그 틈을 노려 조휘와 같이 있던 성혜를 노린다. 죽이려는 게 아닌 포로로 잡으려는 생각일 것이다. 이건 정석이다, 정석. 조휘에게는 진짜 빌어먹을 상황을 가지고 올 전투의 교본과도 같은 상황이다.

"꺄아아악!"

자신에게 달려드는 왜구들을 본 성혜가 날카로운 비명을 흘렸다. 그에 조휘는 하체에 힘을 더 주었다.

파바바박!

지면을 박차는 소리의 간격이 점점 짧아졌다. 쉭! 들고 있던 단도를 훅 내던지는 조휘. 키핫! 노렸던 놈이 바로 몸을 비틀었다. 하지만 그러면서 뛰던 자세 자체가 무너졌고, 그런 놈에게 조휘가 짓이겨 들었다.

깡!

파삭!

무시무시한 내구력을 갖춘 풍신이 놈의 무기를 그대로 깨부쉈다. 그리고 이어 정수리부터 쭉 그었다.

"크, 크르륵……."

크르르거리는 놈의 박살 난 도를 그대로 움켜쥐어 뺏은 다음, 상체 전체를 비틀어 바로 뿌려버렸다.

쉬이익! 픽!

"캑!"

성혜에게 거의 다 도달한 놈의 등짝에 그대로 처박힌 반파된 도. 성혜는 지켰다. 하지만 지킨 대가도,

서걱!

"큭!"

같이 왔다.

등부터 화르르 타오르는 통증을 느낀 조휘는 다시금 앞으로 몸을 날렸다. 픽! 퍼벅! 마른땅에서 둔탁한 소음이 울렸다. 피하지 않았으면 정수리건 어디건 박살 났을 것이다. 구른 다

음 바로 일어난 조휘는 이번에도 바로 뛰었다. 또 다른 놈들이 성혜를 노리고 키헤헤헤! 괴소를 지르며 달려들고 있었다.

"큭!"

등에서 느껴진 통증에 짧게 신음을 흘린 조휘는 하체의 근육을 다시금 폭발시켰다. 파바박! 지면을 박차고 순식간에 거리를 좁힌 조휘는 신형을 돌려 자신에게 도끼를 휘두르는 놈을 향해 마주 풍신를 휘둘렀다. 도끼와 도. 힘의 집중점 자체가 달라 상대가 안 되어야 정상이다. 깡!

"에?"

하지만 풍신은 상대가 된다. 풍신과 부딪친 놈의 도끼가 손아귀를 찢어놓고는 그대로 튕겨 나갔다.

"에는 무슨 에, 이 개새끼야."

비틀린 손목을 따라 풍신의 날이 뒤집혔다. 서걱! 그그극! 쇄골의 시작점부터 심장의 옆까지 깊게 그어버린 풍신. 또 한 놈을 잡은 조휘는 이번에도 쉴 수 없었다. 아홉 놈에서, 이제 다섯 놈을 잡았다. 아직 네 놈이나 더 남았다.

그때 한 놈이 조휘를 보고 흉측하게 일그러진, 그러나 눈빛만큼은 웃고 있는 얼굴로 중얼거렸다.

"후우신?"

놈의 눈은 조휘가 아닌 조휘의 풍신을 향해 있었다. 익숙한 단어였다. 저건 왜놈들의 말로 '풍신'을 부르는 단어였다.

마도라는 별호, 그런 마도를 상징하는 두 개의 무구, 풍신과 쌍악. 놈은 그중 풍신을 알아본 것이다. 한문이지만 정확하게 풍신이란 단어를 읽은 것이다. 등에서 느껴지는 화끈한 통증에 눈가와 입매를 일그러뜨린 조휘가 다시금 천천히 걸어 성혜의 앞을 막았다. 주르륵 흐르는 피가 느껴졌다. 그리고 그건 성혜의 눈에도 비쳐, 놀란 그녀가 입을 틀어막게 만들었다. 상처가 얕지 않았다. 제대로 갈라진 것이다. 하지만 그래도 근육이나 뼈에는 손상이 없는 것 같았다. 더 제대로 파였으면? 조휘는 이미 바닥에 엎어져 차갑게 식어 가고 있었을 것이다.

"키히히!"

풍신을 알아본 놈이 더욱더 비열한 웃음을 지으며 조휘의 앞을 왔다 갔다 하며 손에 든 무기를 뱅글뱅글 돌렸다. 풍신을 봤으면 자신이 마도(魔刀)라는 걸 알았을 텐데도 놈은 겁먹지 않았다. 오히려 자극하고 있었다. 부상을 입혔기 때문에 승기가 지들에게 있다고 생각하는 것 같았다.

게다가 조휘는 혼자. 타격대의 동료들은 없었다. 그러니 이놈들은 조휘가 마도인 걸 알면서도 오히려 잡으려고 하고 있었다.

이게 바로 왜구의 무서움이다. 이 새끼들은 겁을 먹질 않는다. 공포에 질려 발악을 해야 정상인 상황에서나 겨우 겁먹는 정도로 끝나는 게 이놈들이다. 이 정도로 순식간에 다섯을 죽여 놨으면 물러나야 정상인데, 오히려 이놈들은 조휘의 부상을 기회 삼아 앞에서 알짱거리고 있었다.

피가 더 흘러서, 조휘가 무너지길 바라는 것이다. 진짜 악랄하고, 악착같은 새끼들이었다. 상황은 좋지 않았다. 확실히 조휘에게 불리한 상황이었다. 이놈들은 사냥에도 익숙해서 조휘가 몸을 빼려 하는 것을 보고 있지 않을 것이다.

키히, 크히히!

키득거리면서 일정 거리를 둔 왜놈들이 건 도발을 조휘는 덥석 물었다. 파바박! 땅을 박차고 달리자 등에서부터 소름 끼치는 통증이 올라왔지만 지금 이걸 신경 쓸 때가 아니었다. 가장 앞에 있던 놈이 뭐라고 외치면서 바로 몸을 뺐다. 그러자 남은 놈들도 바로 등을 돌려 도망쳤다.

"큭!"

그 모습에 조휘는 바로 멈췄다. 성혜가 뒤에 있어 쫓아갈 수 있는 상황이 아니었기 때문이다.

조휘가 멈추고 다시 뒤로 물러나자 놈들도 도망가던 걸 멈추고 조휘의 걸음에 맞춰 다시금 간격을 좁혀왔다. 그러면서도 결코 비열한 웃음을 흘리는 걸 멈추지 않았다. 웃음 자체가 조휘를 도발하기 위한 함정이지만 조휘는 그 함정을 밟지 않았다.

진짜 최악의 상황이었다.

"무사님……"

등 뒤에서 들려오는 소리에 조휘가 힐끔 고개만 돌려 보니,

성혜가 용케 일어나 서 있었다. 아픈 발을 바닥에 딛지 못해 뒤뚱거리고 있었지만 일어난 것만 해도 아주 장한 일이었다. 조휘가 봤을 때 그녀의 발 한쪽은 아예 박살 난 상태니까.

"걸을 수 있습니까?"

다시 시선을 앞으로 두고 조용히 묻자,

"어, 어떻게든요……."

"좋아요. 그럼 천천히 뒤로 물러나세요. 현 밖으로 나가야 합니다."

"네, 네……."

성혜는 조휘의 말에 대답하더니, 통통 뛰면서 뒤로 물러났다. 상황이 좋아지긴 했으나, 최악을 면한 정도였다.

조휘가 현 상황을 최악이라고 가정하는 이유는 몇 개 있었다. 하나, 저놈들이 끝이 아니다. 저놈들은 마을을 헤집는 역할을 맡은 수많은 조(組) 중 하나일 뿐이다. 수없이 겪어봤기에 이놈들의 방식을 잘 안다. 처음 포를 쏘고, 약탈을 위해 왜구들이 마을이나 현으로 들어선다. 이놈들도 각각의 역할이 있다. 하나는 돈 되는 물건을 쓸어 담는, 말 그대로 약탈조, 두 번째는 인질을 포획하는 조, 세 번째는 현이나 마을 자체를 헤집고, 경비 병력을 상대하는 조.

그렇게 빨리 치고, 빨리 뒤지고, 빨리 챙겨 한 시진 안에 빠지는 게 이놈들의 방식이다. 그러니… 소산 전체를 따지면 엄청 많을 것이다.

최초 포격 소리를 보아 왜선은 대략 여섯에서 일곱 척 정도. 그럼 왜구들의 수도 한 척에 백만 잡아도 육백에서 칠백. 더 몰려왔을 수도 있겠지만, 약탈한 물자를 실어야 하니 꽉 채워 오지는 않았을 것이다. 그럼 세 번째 역할을 맡은 조는 대략 이백 가까이 된다. 중구난방으로 쑤시고 돌아다니는 새끼들.

　이런 새끼들이 지금 주변에 산재해 있을 것이다. 이게 조휘가 최악이라 생각하는 첫 번째 이유이자, 가장 큰 이유였다.

　'피를 너무 흘렸어.'

　두 번째는… 조휘의 몸 상태였다. 등에서 흐른 피가, 조휘의 몸을 천천히 식혀가고 있었다. 식은땀이 쭉쭉 올라오고, 올라올수록 체온은 내려가고 있었다. 격렬한 전투 후였음에도 말이다.

　아직까지 크게 문제 될 정도는 아니나, 말 그대로 아직이다. 조금 더 시간이 흐르면 분명 조휘의 몸을 흔들기 시작할 것이다. 조휘의 앞에 있던 놈들이 노리는 것도 바로 이 부분이었다. 그나마 다행이라면 호각을 소지한 조장 놈의 목을 처음에 따버렸다는 것이다. 만약 호각이 울렸다면 벌써 조휘는 포위당했을 것이다.

　'느려……'

　성혜가 물러서는 속도가 너무 느렸다. 발 하나를 못 쓰니 당연한 일이지만, 이 상황에서는 당연한 이게 조휘에게 어마어마한 부담으로 다가왔다. 하지만 그래도 어쩔 수 없었다. 성혜는 지켜야 하는 존재였다.

자신 때문에 이런 불벼락을 맞았으니까. 물론 연관되지 않았으면 벌써 포격에 맞아 죽었을 수도 있었다. 왜놈들에게 끌려갔을 수도 있었다. 끌려가서 정말 처참한 일을 당할 수도 있었다. 그렇지만 그 부분은 조휘와 아무런 상관이 없다. 그렇다면 그냥 넘어갈 수 있을 것이다. 그러나 그게 아니니, 성혜를 포기하지 못하는 것이다.

그녀는 악착같이 발을 질질 끌면서 물러나고 있었다. 그 보폭에 맞춰 조휘도 따라 물러나고, 왜놈들은 킥킥거리면서 조휘가 물러난 만큼 다가왔다. 어느새 서문 근처까지 왔지만, 사방에서 들려오는 왜놈들의 웃음소리도 같이 가까워지고 있었다. 그 소리를 듣던 조휘는 전역하는 날 연 백호장이 했던 말이 떠올랐다.

'말이 씨가 된다더니…….'

연 백호장의 말은 저주가 되어 돌아왔다.

돌아가는 꼴이 진짜 아름답다 못해 황홀했다.

왜구도 왜구지만, 걱정하던 대로 몸이 식기 시작했다. 서늘한 밤공기도 큰 문제였다. 화마가 곳곳에서 불타고 있었지만 식어가는 육체를 다시 덥혀주지는 못했다.

'돌아버리겠네…….'

진짜 열불이 터졌다.

주변에서 시시각각 다가오는 왜구들의 고함, 괴소들이 조휘의 감각을 마구 자극했다. 그 감각들은 조휘를 한 방향으로 움직이게 하려 했다.

도망가.

도망가라고.

도망가리니까?

'지랄……'

도망? 그래, 이놈들을 따돌리고 도망치는 건 사실 일도 아니다. 하지만 조휘는 지금 이 순간, 그 쉬운 일을 할 수 있는 상황이 아니었다. 이유는 앞서 생각한 그대로다.

"진 무사님……."

가느다랗게 떨리면서 흘러나온 성혜의 말에, 조휘는 마음을 다잡았다. 책임진다, 끝까지. 관여하지 않았다면 저 여자가 왜구들에게 겁탈을 당하든, 찢겨 죽든 그건 상관할 바가 아니나, 자신의 복수를 위해 끌어들인 여자다. 책임을 져야 함은 당연한 일이었다.

선(善)과 악(惡).

이 이중 잣대로 조휘를 평가한다면 조휘는 분명 후자에 가깝다. 아니, 가까운 게 아니라 후자, 그 자체다. 이건 조휘 스스로도 인정하는 부분이다. 하지만 조휘는 피도 눈물도 없는, 자신의 욕구를 채우기 위해서 죄 없는 이까지 마구 죽게 만드는 피에 젖은 미친놈은 아니다. 그랬다면 연 백호장의 신임을 얻지는 못했을 것이다. 장산과 위지룡이 따르지도 않았을 것이고, 결정적으로 부대원들의 도움을 받지 못하니 지금까지 살아남을 수도 없었을 것이다. 전투는 혼자 치르는 게 아니니까. 또한 만약 성혜를 버린다면 방원, 적운양, 그리고 적무영 이 세 놈과 다를 게 하나도 없게 된다. 그러니 지키는 것이다. 목표는 딱 하나, 둘 다 살아남는 것. 조휘는 여기에 초점을 맞췄다.

'때가 되면 이 새끼들은 물러난다. 그때까지 버티는 방법밖에 없어.'

이건 사실이다. 놈들은 침략 전쟁을 치르는 게 목적이 아니고, 약탈이 목적이었다. 그러니 최대한 빠르게 치고 빠지는 걸 가장 중요시한다. 아마 소산의 창고들을 쓸어 담을 만큼 담으면 바로 신호가 울릴 것이다. 그리고 그 신호를 기점으로 이 놈들은 정말 썰물처럼 빠져나간다. 절대 그 이상 욕심을 부리지 않는다는 소리다. 과한 탐욕이 불러오는 가장 무서운 놈이 죽음이라는 걸 놈들도 아주 잘 안다. 그동안의 수없이 많은 약탈을 통해서 말이다. 이건 수도 없이 겪어봤으니 단언할 수 있었다. 그러니 결국 할 수 있는 것은 하나밖에 없었다. 악착같이 버티는 것, 그것 하나였다.

스윽.

조휘가 손을 들어 한쪽을 가리켰다. 서문으로 나가지 말고 차라리 벽 쪽으로 이동하란 소리였다.

밖은 평야, 오히려 포위당할 확률만 높아지니 나갈 수 있는 상황이 아니었다. 처음에는 나가려 했지만, 다시 생각해 보니 아니었다. 조휘는 틀린 부분을 바로 수정했다. 돌벽이라면 최소 한 면은 막아버린다. 포위 자체는 그 순간 깨질 것이다. 힐끔, 다행히 성혜는 조휘의 신호를 알아차리고 절룩이며 조휘가 가리킨 방향으로 움직이기 시작했다.

이해력이 빠르다는 건 지금 이 순간 조휘에게 그나마 다행이란 감정을 심어주었다. 눈치까지 없었으면? 생각하는 것만으로도 끔찍했다.

"후우, 후우……."

조휘는 숨을 가다듬었다.

놈들의 움직임이 심상치 않았다. 조금 더 거리를 좁혀 들고 있었다. 마치 조휘의 생각을 읽고, 끝장을 보려 하는 것 같았다.

"키핫!"

한 놈이 훅 달려들었다.

손에 들고 있는 낫 같은 무기가 조휘의 허벅지를 향해 떨어졌다. 깡! 도를 비스듬히 눕혀 막아내고는, 그대로 위로 튕겨냈다. 이후 반격은 하지 않고 뒤로 더 빠졌다. 지금은 반격할 때가 아니었다. 마도의 모습을 보여주기에는 상황이 너무 더러웠다. 지금은 철벽처럼 단단해져야 할 때였다.

깡! 까강!

조휘가 반격을 하지 않자 연속으로 세 놈이 달려들었다. 한 놈은 맨 뒤에서 킬킬거리며 다가오고 있었다.

쉭!

어깨로 낫이 뚝 떨어졌다. 깡! 다시 튕겨 오르고, 옆구리로 도끼가 날아들었다. 슉, 허리를 쭉 빼 피하자, 쉭! 가슴을 노리고 요상하게 생긴 창날이 들어왔다. 까강! 풍신으로 막은 다음 조휘는 뒤로 빠르게 물러났다.

타다닷!

그러자 왜구들도 덩달아 조휘에게 달려들었다. 승기를 잡았다고 생각하고 있는 모양이었다. 그리고 실제 승기는 왜구가 잡고 있었다. 조휘는 적당한 장소를 찾을 때까지 반격을,

푹!

"크륵……."

자제할 생각이었다.

하지만 기회가 오면 놓칠 생각은 없었다. 역동작에 걸린 놈의 가슴에 풍신을 쑤셔 박아 준 조휘가 곧바로 도를 뽑고 다시 뒤로 빠졌다. 쉭! 도끼가 도날을 훅 지나갔다. 맞았으면 아마 반동과 힘에 풍신을 놓쳤을 것이다. 한 끗 차이였기 때문에 조휘의 등에서 식은땀이 흘렀다. 아니, 이미 흐르고 있던 땀이 좀 더 많아졌다.

몸 상태는 점차 떨어지고 있었다. 힐끔, 빠르게 성혜를 살폈다. 그리고 조휘는 눈을 빛냈다. 성혜가 힘을 내 아픈 발까지

디디며 달려가고 있었다. 그 끝에 있는 걸 보니 성벽이 꺾이는 부분이었다. 좋다, 제대로 된 장소를 찾아서 가고 있었다. 이건 칭찬해 주고 싶은 일이었다.

'최소한 두 면은 막아준다. 벽도 높고……'

이 정도면 지금 상황에서는 최상의 조건이다. 조휘는 다시 고개를 앞으로 돌리고 빠르게 뒷걸음질 쳤다. 지면을 쭉쭉 긁으며 뒤로 물러난 조휘는, 순식간에 성혜가 자리 잡은 곳에 도착했다.

"후우……"

한숨을 내쉬고 호흡을 가다듬었다. 그러자 호흡이 안정되고, 활력이 조금씩 살아났지만 아직은 미약했다. 등 뒤는 이미 감각이 없었다. 살가죽이 제대로 갈렸음에도 움직인 대가는 컸다. 더 크게 찢어져버린 것이다.

얼마나 피를 흘렸는지 가늠조차 하지 못했지만, 그래도 아직은 움직일 만했다. 조휘는 이런 경험이 많았다. 이 정도로 무너질 정신도, 육체도 아니었다.

칙쇼!

조휘의 귀에는 치소! 하는 것처럼 들렸지만 뜻은 안다. 제놈들이 원하는 방향으로 안 풀렸을 때 나오는 단어였다. 타격대 짬밥이 십 년이다. 이 정도는 알아먹었다.

삐이이익!

맨 뒤에 있던 놈이 쓰러진 조장의 목에서 챙겨온 호각을 이

제야 불었다. 처음부터 불었으면 좋겠지만, 이놈들은 욕심을
냈다.

'그렇게 마도의 목을 따고 싶었나?'

큭!

풍신을 알아본 놈들이다. 그러니 마도의 목을 따 명성을 얻
고 싶었을 것이다. 그게 조휘에게는 득이 됐다.

고마운 마음까지 일어났다. 만약 호각을 불어 이곳에 자리
잡기 전에 왜구가 몰려들었으면 진짜 목숨을 내놔야 했을지
도 몰랐다.

"후우⋯⋯."

다시 숨을 내뱉은 조휘는 풍신을 도집에 천천히 밀어 넣었
다. 그르릉, 소리를 내며 들어간 풍신은 딱 삼분지 이를 감추
고 멈췄다. 투항하기 위한 게 아닌, 발도를 위한 납도였다.

자세를 낮추는 조휘.

눈동자는 다시 살기로 번들거리기 시작했다. 다가오면 죽이
겠다는 의지가 적나라하게 섞여 있었고, 이 기세는 왜구들에
게도 전해졌다. 하지만 이놈들은 역시 겁을 먹지 않았다. 상
황이 제대로 풀리지 않은 탓에 짜증만 낼 뿐, 틈을 노리는 눈
빛은 여전했다. 그 예로 몸을 쭉쭉 흔들면서 조휘의 신경을
자극하려 했다.

하지만 그 정도로 조휘를 흔들 수는 없었다. 전장 경험이
십 년이나 쌓여 있었기에 잔뼈가 굵은 정도도 아니고, 정예라

는 단어조차 넘어섰다. 웬만한 전장은 '지배'한다고 해도 과언이 아니었다. 물론 이건 타격대가 함께 있을 때다.

지축이 울리는 소리, 캬하하하! 하는 괴소가 점차 가까워졌다. 호각 소리로 인해 근처에 있던 왜구들이 몰려들고 있었다. 적이 많아진다는 건 조휘에게는 최악의 상황이지만, 그래도 지형 때문에 그나마 자신감이 붙었다.

하나둘씩 모이더니, 어느새 조휘의 앞에 왜구가 새까맣게 모였다. 또 하나 다행인 점이 있었다. 활이나 노(弩)같은 원거리 병기는 없었다. 모두 도, 칼, 창 같은 근거리 무기만 들고 있었다. 이걸로 살 수 있는 확률이 좀 더 높아졌다.

"호오, 후우신?"

"……."

또 한 놈이 풍신을 알아봤다. 조휘는 답하지 않았다. 다만 비틀린 미소를 만들어낼 뿐. 킥킥킥! 처웃은 놈이 캬하! 하고 달려들었다.

쉭!

쭉 찔러 들어오는 창을,

그으으웅!

빛살 같은 발도로 후려쳤다.

놈의 창이 훅 올라가며 상반신 전체가 드러났지만, 조휘는 공격할 수 없었다.

쉭! 어느새 다른 놈이 머리를 찍어오고 있었다. 톱니바퀴

같은 시간 차 공격. 한두 번 해본 솜씨가 아니었다.

까강!

그그극!

급히 도를 회수한 조휘는 손목을 비틀어 칼등으로 떨어지는 도끼를 막고, 흡! 힘을 줘 밀어냈다. 힘 싸움을 할 틈조차 없었다.

파바박!

"키아!"

한 놈이 달려와 괴상한 고함과 함께 조휘에게 몸을 날렸다. 그런 놈을 본 조휘의 얼굴은 확 일그러졌다.

'도대체가 왜 이 새끼들은……!'

왜 이딴 괴성을 흘리는지 모르겠다. 인간 같지도 않은 괴성이다. 짐승의 울부짖음도 아니다. 마치 유부에서 올라온 마귀 같은 괴성이었다. 일반인 같았으면 이 괴성에 소름이 끼치고, 공포에 덜덜 떨었겠지만 조휘는 짜증만 올라왔다.

파박!

퍽!

놈이 무기를 내려찍기 전에 더 빠르게 다가가 발을 쭉 뻗어 배를 걷어찬 다음 바로 물러났다.

퍽!

다리가 있던 자리에 처음 공격했던 놈의 창이 푹 찍혔다. 이번에도 조금만 늦었으면? 종아리나 허벅지에 구멍이 송송

뚫렸을 것이다.

쉭!

물러나며 자세를 잡은 조휘가 풍신을 벼락같이 그었다. 서걱! 미처 예상치 못한 왜구 하나의 가슴을 쩍 갈라버린 조휘는 바로 도를 회수해 머리 위로 들었다. 깡! 한 놈이 던진 도끼가 풍신에 막혀 대각으로 비켜 나갔다.

깡!

"꺄악!"

비켜 나간 도끼가 성혜의 근처에 처박히며 그녀의 비명을 이끌어냈다. 하지만 조휘는 돌아보지 않았다. 비켜 나간 도의 경로로 보아, 절대 성혜의 몸에 박히지 않았을 거라는 걸 이미 알고 있었기 때문이다. 그리고 성혜에게 직격했다면 저런 비명은 나오지도 않았을 것이다.

조휘는 이렇게 움직이면서도 성혜의 앞에 있었다. 좌우로 움직이지만 다시금 제자리로 돌아왔단 소리다.

쉭! 쉭!

무기 두 개가 조휘의 허벅지, 그리고 반대쪽에서 어깨를 노리고 떨어졌다. 일그러진 놈들의 얼굴에 확신이 보였지만, 깡! 하나를 튕겨냄과 동시에 훅 주저앉아 어깨로 떨어지는 공격을 피하고는 역으로 지면을 쓸 듯이 도를 휘둘렀다.

서걱!

"크악!"

"아아악!"

조휘를 공격했던 놈들의 비명이 동시에 울렸다. 조휘의 도가 정강이를 그대로 베었기 때문이다.

살을 가르고, 근육도 가르고, 그극! 하는 느낌이 손아귀에서부터 느껴지는 걸로 보아 뼈도 살짝 건드린 게 분명했다. 이 정도면 치명상이다.

풀썩 한 놈이 주저앉는 걸 보고 그놈의 목을, 신형을 빙글 돌려 일어나며 걷어찼다. 빡! 시원스런 소리와 함께 놈의 고개가 하늘 높이 떴다.

스윽, 완전히 일어난 조휘가 풍신을 들어 올린 다음 아래로 그었다.

스가악!

손가락 한 마디 좀 안 되는 깊이로 정수리부터 양단하며 내려온 풍신.

"큭, 크르륵……."

주둥이는 물론 혀도 갈려 요상한 소리를 내더니 놈이 주춤주춤 물러났다. 푸슉! 푸화악! 한번 퐁 터졌던 피가, 이내 요란하게 터져 올라왔다.

"시끄러워."

서걱!

다시 놈의 목을 확 쳐 날린 조휘.

목이 훅 튕겨 오르며 절단면에서도 피가 훅 튀었다. 튄 피가 조휘에게 그대로 쏟아졌고, 조휘의 몸에서 나는 열기에 녹아 피비린내가 사방으로 뿜어졌다.

"후우……."

거칠어진 호흡을 정리한 조휘는 다시 뒤로 물러났다. 좀 전의 전투를 보고 완전히 얼어붙은 성혜와의 간격은 딱 열 걸음 정도. 적당한 간격이었다. 열이 났다. 격렬한 전투로 인해 육체는 다시 열기를 머금었지만, 결코 좋은 상황은 아니었다. 피어난 열기가 통각도 같이 깨워버렸기 때문이었다.

'빌어먹을……'

등, 등의 상처가 진짜 문제였다.

아주 단단히 벌어져, 움직일 때마다 격통을 일으켰다. 그럴 수밖에. 가로세로, 사선 베기, 각 점 찌르기 등은 허리의 회전, 어깨 근육의 사용이 기본으로 요구된다. 등줄기를 타고 뜨끈뜨끈한 액체가 흐르는데, 절대 이건 땀이 아닐 거라고 조휘는 확신했다. 그래도 아직까지는 버틸 만했다.

'시야는… 괜찮아. 더 버틸 수 있다.'

아직 의식이 흐려지는 단계까지는 몰리지 않았다. 그래서 조휘는 낙담하지 않았다. 원거리 무기도 없고, 지형적 이점만 잘 살리면 충분히 버틸 수 있을 것 같았다.

'얼마나 흘렀지?'

반 시진? 더 넘었나?

조휘가 알기로 이놈들은 길어야 한 시진이다. 안 그러면 명의 군대와 충돌할 수도 있으니까. 소산도 항주와 가까워서 근교에 군이 머물고 있었다. 그러니 이미 연락이 들어가 군이 출동했을 것이다. 어쩌면 이미 근처까지 왔겠지.

'그렇다면… 반 시진.'

긴 시간이다.

최소 반 시진은 버텨야 한다는 결론을 내린 조휘는, 다시 마음을 단단히 먹었다. 이놈들, 물러날 리가 없다. 얼마나 악착같은 놈들인데 물러날까. 거기다가 조휘, 마도가 상처를 입고 앞에 있다.

수군이나 백성들에게 왜구의 적각무사들이 악명이 높다면, 반대로 왜구 사이에선 마도의 악명도 만만찮게 높았다. 물론 그래 봐야 이화매 제독보다는 덜하지만, 일반 왜구들은 피하고 싶은 존재 중 하나가 바로 뢰주 군영 타격대의 마도(魔刀)다. 하지만 지금 조휘는 상처를 입은 상황. 성혜 때문에 마도가 될 수 없는 상황이었다.

그러니 이놈들이 이렇게 포기를 안 하고 목숨 아까운 줄 모르는 부나방이 된 것이다. 한차례 전투가 벌어진 뒤 잠시의 소강상태.

"……."

"……."

날카로운 긴장감이 전장을 지배하기 시작했다. 누구 하나가 툭 끊으면 다시금 전투에 불이 붙을 것이다.

스윽, 스으윽. 전면에 있던 왜구들이 슬금슬금 조휘에게 다가왔다. 하지만 아직은 끈이 붙어 있는 상태.

조휘는 다시 자세를 잡아갔다. 번들거리는 눈빛이 이렇게 말하고 있었다.

들어오면 죽는다.

서늘하게 말려 올라간 입매가 이건 단순한 경고가 아님을 알려주고 있었다. 마도의 무력을 본 왜구들도 함부로 조휘의 경고를 무시하지 못했다. 그렇게 아슬아슬하게 끈이 이어져 있는 상태였다. 조휘는 이 틈을 기회 삼아 호흡과 체력을 보충했다. 아니, 하려고 했다.

"으아아……!"

조휘가 도망쳐 왔던 서문 쪽에서 우렁찬 외침과 함께 정체불명의 인물이 난입하지만 않았으면 말이다. 그리고 그 결과 간당간당하게 붙어 있던 끈이 틱, 들리지 않을 소리와 함께 끊어졌다.

끈이 끊어짐과 동시에 죽여 버려! 하는 왜구들의 외침도 같이 터졌다. 으득! 조휘는 이를 악물었다.

원하지 않던 상황이었다. 시각을 끄는 게 목적인데! 갑작스러운 불청객의 난입으로 팽팽하던 흐름이 일순간 박살이 나면서 다시 전투가 벌어졌다.

"하아!"

깡!

기합과 함께 날아온 왜놈의 칼을 막은 조휘의 귀로, 난입한 불청객이 뭐라 뭐라 외치는 소리가 들려왔다. 알아들을 수 없는 말들이었다. 한족의 언어도, 조휘가 타격대에서 많이 들었던 왜놈들의 언어도 아니었다. 처음 들어본 언어였다. 하지만 문제는 그게 아니었다.

'빌어먹을!'

어떤 새끼야!

성질이 확 폭발했다. 간당간당하긴 했지만 저 불청객 때문에 전투의 도화선이 순식간에 타들어가 버렸다. 이건 조휘가 원하는 게 아니었다.

빡!

조휘는 자신을 지나쳐 성혜에게 달려들던 놈의 뒤통수를 걷어찬 이후, 고개를 바로 푹 숙였다.

쉬익!

사각.

곡도 형태를 띤 왜놈의 무기가 조휘의 머리 위를 스쳐 지나가며 머리카락을 한 움큼이나 썰어버렸다. 조금만 늦었다면? 머리카락이 아닌 머리통이 갈렸을 것이다.

자세를 낮춘 조휘가 다시금 몸을 회전시켜 발로 지면을 쓸었다. 픽! 소리가 나면서 공격했던 놈이 엎어졌고, 조휘는 끝장을 내는 대신 바로 일어나 뒤로 물러났다. 다른 놈이 또 짓이겨 들고 있었기 때문이다.

깡! 어깨로 떨어지는 도를 풍신으로 막고, 날을 비틀어 쭉 그었다. 목숨을 노리는 게 아닌, 무기를 든 손을 노린 이번 공격은 아주 착실히 먹혔다.

"악!"

비명을 지르고, 무기를 놓치고. 이후 주춤주춤 물러나는 놈의 심장에다 풍신을 훅 쑤셔 박았다.

컥, 크르륵!

비명을 지르면서도 놈은 풍신을 두 손으로 움켜잡았다. 조휘가 풍신을 못 뽑게 만들 요량인 것 같았다. 지독한 놈이었다. 하지만 조휘는 바로 풍신을 슬쩍 돌려 쭉 뽑아냈다. 손바닥을 훅 베어내며 풍신이 빠지자 놈의 가슴에서 피가 뿜어졌다. 뚫린 구멍에서 뿜어지는 피를 본능적으로 막았지만, 막아지겠나, 그게.

깡! 까강!

막고, 또 빠지면서 막고, 조휘는 조금씩 뒤로 물렀다. 연수합격이 딱딱 들어오는데 안 물러날 재간이 없었다. 하지만 더 이상은 밀리면 안 된다. 성혜와의 거리, 일곱 보(步). 이 이상 밀려나면 성혜에게도 공격이 들어가게 된다.

흑, 흐윽. 성혜의 신음 소리가 들렸다. 무시무시한 공포가 아마 그녀의 의식을 가득 채우고 있을 것이다. 하지만 지금은 그런 성혜를 달래줄 틈이 없었다.

"흡!"

깡! 그그극!

죽어! 죽어! 맹목적인 적의가 조휘를 노리고 있었기 때문이다.

'윽!'

도끼를 막은 풍신이 조금씩 밑으로 밀려 내려왔다. 힘에서 밀리고 있었다. 부푼 몸처럼 힘이 장사인 놈이다. 자신이 이기고 있는 걸 알자 놈이 히죽 처웃는데, 누런 잇새로 말로 설명하지 못할 악취가 풍겼다.

빡!

그래서 조휘는 바로 풍신을 비틀어 도끼를 흘리고, 몸을 뱅글 돌려 억! 하고 상체가 무너지는 놈의 관자놀이를 도병으로 후려쳤다. 칵! 하고 바닥에 엎어지자 그대로 풍신을 놈의 목덜미에 꽂고, 바로 뽑아냈다.

서걱!

그때 조휘의 옆구리를 한 놈이 사각, 갈라버렸다.

"큭!"

화끈한 통증이 옆구리에서부터 시작돼 전신으로 퍼졌다. 주춤 물러나는 조휘의 머리로 곡도 한 자루가 또 떨어졌다. 아파할 틈도 없이 조휘는 곡도를 막았다.

깡! 짜르르······! 충돌의 순간 일어난 진동이 전신으로 또 퍼져나갔다. 등, 옆구리. 아주 화끈화끈하게 온몸을 지졌다.

다시 풍신을 비틀어 흘려내는 순간, 두 놈이 또 조휘의 허벅지, 옆구리를 노렸다. 가장 쉬운 공격 지점이다. 제대로만 그으면 상대를 무력화시키기 참 쉬운 곳만 노려온다. 그것도 아주 악착같이.

'빌어먹을!'

욕이 훅 튀어나왔다. 결국 다시 몸을 뒤로 빼내는 조휘. 두 걸음을 물러났으니 이제 성혜와의 간격은 다섯 보(步). 거의 막다른 골목이었다. 조휘는 이 상황을 만들어낸 불청객이 떠올랐다.

한눈을 파는 것처럼 귀를 기울이자, 예상외로 굉장히 가까운 곳에서 소리가 들려왔다. 흐합! 합! 기합 소리가 들렸고, 둔탁한 파열음이 그 뒤를 이었다. 벽으로 막혀 있어 육안으로 보이지는 않지만, 소리로 보아 거의 근처까지 다가온 것 같았다.

'뚫고 들어온다?'

조휘는 이 부분에 집중했다. 보통 싸울 거면 앞에서부터 상대한다. 그게 정석이다. 돌파를 해야 하는 작전이 아니라면 앞에서부터 차근차근 상대해 씨를 말려가야 하는 법이다. 그런데 저 불청객은 왜구가 밀집해 있는 이곳을 뚫고 들어오고 있었다.

쉭!

고개를 쭉 빼 얼굴을 베어온 무기를 피해내고,

'지원?'

불청객이 자신에게 다가오고 있다는 걸 알아차렸다. 그게 아니라면 이렇게 무모하게 뚫고 들어올 리가 없었다.

칫! 혀를 차는 순간 허벅지로 뭔가가 훅 날아왔다. 잘 안 보이지만 조휘는 잔뜩 집중한 시야로 왜구 한 놈이 암기를 던지는 걸 이미 알아차렸다.

깡!

혹시 성혜가 맞을지도 모르니 풍신으로 쳐내버렸다. 그 짧은 동작을 기회 삼아 왜구가 또 덤벼들었다. 암기는 조휘의 틈을 만들기 위한 공격이었다. 그걸 조휘도 알았지만 피할 수가 없었다.

픽!

"흐아아!"

그 짧은 순간 불청객이 조휘의 코앞에 닿는 소리였다. 덕분에 조휘의 바로 앞에 있던 놈들도 시선을 돌려 불청객을 경계했다. 그 순간, 조휘가 눈을 빛내며 움직였다.

"감히 마도를 앞에 두고 한눈을 팔아?"

뒈지고 싶어 작정한 거지?

조휘의 육성에 놈들의 시선이 다시 조휘에게로 돌아왔다. 파박! 뛰듯이 앞으로 쇄도한 조휘의 풍신이 서걱! 한 놈의 가슴을 사선으로 올려 쳐 깊게 그었다. 컥! 하고 물러나는 놈은 버려두고, 그 옆 놈의 손목을 비틀어 다시 내리그었다. 서걱!

"크악!"

두 놈을 무력화시키고 조휘가 뒤로 조금 물러나자, 불청객이 모습을 드러냈다. 흐아! 기합이 또 울렸다. 이후 꺾이는 지점 바로 옆에 있던 왜구가 시꺼먼 뭔가에 얻어맞아 훅 날아갔다. 그러면서 모습을 드러내는 불청객은, 컸다.

어둠 속인데도 기골이 장대한 게 바로 보였다. 못해도 조휘보다 머리 하나는 더 컸고, 육체도 조휘를 두 개는 붙여 놓은 것 같았다. 그것만 해도 특징적인데, 더 특징적인 게 있었다. 반들반들한 민머리에, 잿빛 승복(僧服)과 핏빛 가사(袈裟)가 눈에 띄었다.

"승려?"

즉각 정체가 드러났다.

승려는 왜놈들은 신경도 안 쓰는지 조휘에게 다가와 그의 앞을 비스듬히 막고 돌아섰다.

쿵!

승려가 들고 있던 선장(禪杖)을 바닥에 내려찍자 둔탁한 진동이 발바닥을 통해 느껴지고, 귀로 울려왔다. 승려의 등은 넓어서 그런지 듬직했다. 조휘의 시선을 전부 빼앗지 않으려고 비스듬히 선 것만 봐도 집단전에도 일가견이 있어 보였다.

칙쇼!

승려가 조휘의 앞에 서자 왜놈들이 분통을 터뜨렸다. 수없이 들었던 말이었다.

키악! 한 놈이 괴성을 지르며 달려들었다.

깡! 승려는 선장의 머리 부분으로 왜도를 막고, 그대로 솥뚜껑만 한 주먹으로 놈의 얼굴을 후려쳤다.

퍽!

키엑! 비명과 함께 승려를 공격했던 놈이 훨훨 날아갔다. 농담이 아니라 정말 훨훨 날아가 뒤에 처박혔다. 무지막지한 힘이었다.

"흥!"

낮게 코웃음을 친 승려가 다시 자세를 잡았다. 왜놈들은 그런 승려를 보고 이만 갈았다. 조휘 하나도 아직 잡지 못했다. 그런데 이 무지막지한 승려까지 합류해 버린 상태라 본능적으로 알아차린 것이다.

마도의 목을 따긴 글렀다고.

"고얀 놈들!"

쩌렁쩌렁한 호통 소리에 왜놈들이 움찔했다. 제대로 알아듣지는 못했지만 그 소리가 어찌나 큰지 뒤에 있던 조휘의 심장도 훅 떨렸다. 게다가 전신에서 뿜어지는 위압감이 정말 장난이 아니었다. 승려가 아니라 무슨 하늘에서 내려온 신장 같았다.

승려가 앞에 서자 왜놈들은 슬금슬금 물러나기 시작했다. 승려가 합류함으로써 이제 전투의 승기가 완전히 넘어갔다는 걸 깨달은 모양이었다.

조휘의 목을 따지 못해 안타까운 표정을 지으며 왜구들이 골목에서 조금씩 빠져나갔다. 조휘는 그럼에도 긴장을 풀지 않았다. 무슨 일이 일어날지 모르기 때문이다.

비열함의 끝을 보여주는 놈들이라 조금만 방심해도 독아를 들이밀었다. 처음에는 조휘도 몇 번 당했었던지라, 전투가 완전히 끝나지 않으면 절대 긴장을 풀지 않았다. 반 다경 정도가 지나자 놈들이 전부 골목에서 도망쳤다.

"후우……."

그제야 깊은 한숨을 토해내는 조휘. 팽팽하게 당겨났던 긴장의 끈이 느슨해지자, 온몸으로 흐르는 격통이 제대로 느껴지기 시작했다.

"큭……."

풍신으로 바닥을 찍어 자세를 잡는 조휘. 등, 옆구리. 두 상처 전부 얕지가 않았다. 몸의 감각이 그곳에 집중되어 아주 죽을 지경이었다.

"하……."

조휘는 다시 풍신을 뽑고, 벽에 기댔다. 차가운 돌벽의 서늘한 감촉이 느껴지긴 했지만, 불로 지지는 것 같은 등의 고통을 잠재워 주지는 못했다. 조휘가 벽에 기대 성혜를 바라봤다. 그녀는 이미 무너져 있었다. 바닥에 풀썩 주저앉아 양손으로 얼굴을 감싸고 있었다. 버티기 힘들었을 것이다. 그녀도 범상치 않은 일을 당한 건 맞지만, 그건 왜구의 약탈에 비하면 아마 새 발의 피일 것이다.

소산은 항주와 가깝기 때문에 웬만해서는 왜구가 들어오는 일은 없었다. 미쳤다고 오겠는가?

오홍련의 본대라 할 수 있는 이화매 제독의 일 함대의 거점이 항주인데? 십 년의 타격대 생활 중에도 소산이 공격받았다는 소리는 들어본 적이 없었다. 그런데 오늘 터졌다. 그러니 성혜는 처음이었다.

이런 지독한 일은.

"괘, 괜찮, 소?"

그때 조휘의 귀로 들려오는 소리. 어조는 묵직하기 그지없지만, 반대로 어눌한 한어였다. 승려의 목소리일 것이다. 그가 어느새 등을 돌려 조휘를 보고 있었다.

"……"

조휘는 대답 대신 고개만 끄덕였다. 솔직히 말해 진이 빠졌다. 그렇다고 입을 열 힘이 없는 건 아니지만, 열면 신음부터 흐를 것 같았다. 그만큼 통증이 장난이 아니었다.

"다친 것 같소만."

"후우, 참을 만합니다."

재차 물어와서 조휘는 계속 고갯짓만 할 수는 없었다. 끈을 끊어버린 장본인이지만, 은인이기도 했다. 솔직히 끝까지 버틴다는 보장도 없었다. 악착같이 버티긴 했지만 승려가 앞을 막아주기 전까진 조금씩 밀리지 않았나.

그러니 승려는 은인이었다.

저 밤하늘로 새빨간 불빛이 번쩍이기 시작했다. 왜선에서 보내오는 퇴각 신호였다.

"끝난 것 같소."

"그런 것 같습니다."

후우, 전투는 끝났다. 등이랑 옆구리를 베이면서.

으득! 통증이 자꾸 조휘의 성질을 건드렸다. 그러나 버텨냈다. 조휘는 이 정도로 무너질 놈이 아니었다. 괜히 마도라 불리는 게 아니기 때문이다. 지독한 생존에 대한 집착이 기본적으로 깔려 있었다.

그런 조휘가 이 정도로 밀린 건 성혜 때문이었다. 그녀가 아니었으면 절대 지금처럼 당하진 않았으리라. 하지만 이 부분에 대해서 억울한 건 또 아니었다. 자신의 선택이었으니까. 책임을 진다!에 대한 대가일 뿐이었고, 조휘는 그 부분을 이해했다.

바닥에 주저앉은 조휘는 머리를 털었다. 이제야 제대로 사고가 되었다.

'왜, 왜 소산까지?'

미친 걸까?

오홍련의 거점이 있는 항주의 코앞까지 약탈을 하러 오고? 오홍련을 생각하자 조휘의 머리에 불이 튀었다.

'어? 잠깐만……. 분명 오홍련은 그때…….'

출항하지 않았나?

귀신이 나온다던 동굴을 찾을 때, 바다가 보이는 벼랑에서 조휘는 분명히 봤다. 붉은 연꽃잎이 하나 그려진 기를 매단 일 함대가 출항하는 모습을. 이화매 제독이 이끄는 함대가 분명했다.

그리고 조휘는 이화매 제독이 다시 항주로 돌아갔다는 소리를 들은 적이 없었다. 화제의 중심에 서 있는 게 오홍련이다. 이 정도는 굳이 알아내려 하지 않아도 주변에서 마구 떠들어댄다. 출항했다더라, 회항했다더라 하면서 말이다. 조휘는 듣지 못했다. 이화매 제독이 돌아왔다는 소식을.

'그럼… 이 개새끼들, 알고 쳐들어온 거야?'

타당한 생각이었다. 그게 아니라면 진짜 미치지 않은 이상에야 항주의 앞바다까지 약탈하러 올 수가 없었다. 해상전, 바다에서만큼은 그야말로 제왕인 이화매 제독이 지키는 곳인데.

알고 쳐들어왔다고 가정을 하니, 다른 증거가 하나 필요했다.

'누가? 아… 잠깐만.'

바로 누가 정보를 누설했느냐인데, 이 부분에서도 조휘의 머릿속으로 번개같이 지나가는 기억이 있었다.

으득!

"방원… 이 개새끼!"

며칠 전, 조휘는 분명히 봤다.

방원이 왜놈과 함께 있던 것을.

제16장

마도와 이화매의 분노

호선(虎船)을 극한까지 개조, 강화한 기함 춘신.

이화매 제독이 직접 함장을 맡은 함선이다. 본래 삼 층의 호선을 사 층으로 강화, 이, 삼 층 전체를 포실로 바꾸어 지휘만 하는 게 아닌, 전투에도 적합하게 개조한 게 바로 춘신이었다.

일 함대는 이런 기함 춘신과 바로 뒤따라오고 있는 화창, 그리고 삼십 척이 넘는 사선(沙船)으로 이루어져 있다. 사선도 본래의 것에서 끝까지 개조했기에 이런 일 함대의 위용은 어마어마했다.

그런 일 함대가 지금, 항주로 급히 돌아가고 있었다. 기함 춘신의 갑판에는 이화매 제독이 나와 있었는데, 그녀의 얼굴은 현재 무시무시하게 굳어 있었다.

"양 부관."

"네."

"어떻게 소산이 공격당했을까?"

"······."

"우리가 나간 줄 어떻게 알고? 어쩜 그렇게 정확하게?"

"······."

"양 부관."

"네."

"이게 우연이라 생각하나?"

"······."

양희은은 대답하지 못했다. 무시무시한 분노를, 필사의 인내로 억누르며 말을 뱉어내는 이화매의 기백에 밀렸기 때문이었다. 만약 분노가 외부로 표현이 된다면, 지금 그녀의 신형은 새빨간 불꽃에 휘감겨 있을 것이다.

그만큼 제독의 분노는 엄청났다. 오죽했으면 주변에 있는 함대원들도 이화매의 눈치를 보고 있을 정도였다.

보통 화가 나거나 가슴이 답답하면 열불이 터진다고 한다. 이화매는 지금 그 상태를 훌쩍 뛰어넘어, 감히 가늠조차 힘든 상태였다.

"게다가 우리 초계함도 피해 들어왔어. 우리 앞마당까지.

양 부관, 나는 절대 이게 우연은 아니라고 생각하는데. 그대 생각은 어떠하지?"

"저도 마찬가지입니다. 결코 안에서 도와주지 않았다면 우리 초계함들의 경계를 피해 소산까지 들어오지 못했을 겁니다."

"그렇지?"

"네."

"그럼 어떤 쥐새끼가……"

우두둑!

이화매 제독의 말대로였다. 오홍련은 물론 명의 수군도 바다 위에 왜구를 감시하기 위한 초계선(哨戒船)을 띄워 놓는다. 모든 바다를 지킬 수는 없지만, 그래도 일정 범위는 아주 확실하게 틀어막아 놓는다. 게다가 그냥 띄워만 놓는 게 아닌 계속해서 이동하며 주변 초계선과 유기적으로 경계를 담당한다. 그런데 이번에 소산까지 들어온 놈들은 그런 초계선들의 감시망을 유유히 뚫고 들어왔다.

이게 정말 운이 좋아서였을까?

이화매 제독은 절대 그렇게 생각하지 않았다. 이건 분명 뒤에서 누가 도와준 것이었다. 그게 아니라면 절대 불가능한 일이었다.

거점의 방비를 위해 이화매가 얼마나 공을 들였는지, 아니 그 이전 이씨세가의 가주들이 얼마나 공을 들였는지 알면 아마 까무러칠 것이다. 근데 어마어마한 돈과 세월을 투자해 만들어낸 경계가 이렇게 단방에 깨져버렸다. 이 부분도 이화매 제독의 분노에 불을 붙여버린 연료 중 하나였다.

"돌아가면 모든 비선과 정보망을 동원해서 싹 뒤져."

"네."

"항주는 물론 항주 일대까지 전부. 반드시 찾아내."

"네."

올곧은 이의 분노는 무섭다. 올곧기 때문에 타협이 없다. 이화매 제독은 반드시 찾아낼 생각이었다. 반드시 찾아내, 이 쳇값을 철저하게 받아낼 생각이었다. 한 번 일어나면, 두 번도 일어난다. 그걸 이화매 제독은 아주 잘 알고 있었다. 이미 예전에 동료라 생각했던 서국(西國)의 인물에게 제대로 뒤통수를 맞은 적이 있었다. 하지만 한 번 믿어줬다. 살려달라고 너무 처절하게 빌었기 때문이다. 그래서 숨은 붙여줬더니, 그놈이 다시금 뒤통수를 때렸다.

그때 이화매는 정말 바다에 수장당할 뻔했었다. 때맞춰 지원을 온 이 함대가 아니었다면 분명 그곳에서 죽었을 것이다.

그 이후, 이화매 제독은 배신행위에 대한 것들은 아주 철저하게 응징했다. 한 번 눈 밖에 나면 두 번 다시 그녀의 마음을 얻을 수 없었다. 그러니 이번에도 똑같이 대해 줄 생각이었다. 감히 동족을 팔아먹는 파렴치한 짓을 두 번 다시는 하지 못하도록, 아주 철저하게 뭉개버릴 생각이었다.

그게 누구든, 아주 확실하게, 풀 한 포기 남겨놓지 않고 모조리 태워버릴 생각이었다. 다시 한 번 경고의 의미까지 심어서 말이다.

"제독, 안으로 드시지요. 소나기가 내릴 모양입니다."

"다행이군. 열기를 식혀줄 게 필요했는데."

"고뿔에 걸리십니다."

"이 내가, 겨우 고뿔 따위에게 질 것 같나?"

"그건 아닙니다만."

"됐어, 양 부관. 지금은… 이곳에 있겠다."

이화매 제독은 움직일 수가 없었다. 왜냐고? 그녀의 시선이 닿는 곳에 원하는 게 떠올라 주길 바라서였다. 그녀가 원하는 건 딱 하나다. 기함 춘신보다 앞서가는 쾌속선에서, 왜구를 발견했다는 신호로 하늘에 쏴줄 연락용 폭죽이다.

현재 그녀는 소산으로 향하고 있지 않았다. 지금 가봐야 어차피 탈탈 털렸을 것이라는 걸 잘 알기 때문이다. 그래서 놈들이 도망칠 가능성이 높은, 혹은 초계함들의 경계망 중 가장 허술해 보이는 곳을 짚어 내어 그곳으로 함대를 몰고 가고 있었다. 이유는 하나.

모조리 수장시키기 위해서였다.

항주 방향, 나중에 정보망의 연락을 통해 소산이 약탈을 당했다는 걸 알고 뱃머리를 돌렸지만 이미 때는 늦었다. 그래서 차라리 왜구를 잡기로 했다. 만약 놓치면? 아마 몇 날 며칠 이를 갈며 밤잠을 설칠 게 분명했다.

"빠져나갔을 거라고 보나?"

"아직 모르겠습니다. 거리상 빠져나갔을 확률이 반, 아직 나가지 못했을 확률이 반이라 생각됩니다."

"반반이라, 나쁘지 않군. 나쁘지 않아."

이화매는 눈매를 가늘게 좁히고, 혀로 입술을 핥았다. 따로 입술연지를 바르지 않았음에도 앵두처럼 붉은 입술이 묘하게 선정적이고, 몰려든 먹구름으로 인해 사위가 어두워 퇴폐적인 분위기까지 연출했지만, 그녀의 눈빛을 본다면 그런 생각들은 단박에 사라질 것이다. 새파랗게 빛나는 눈동자. 살심이 무럭무럭 자라나 채워진 그 눈빛은 오금이 저릴 정도가 아니라 심약한 이는 마주하는 것만으로도 거품을 물고 까무러칠 정도로 소름 끼쳤다.

뚝, 두두둑!

먹구름이 기어이 비를 쏟아내기 시작했다. 갑판을 두드리는 빗방울. 해수면을 때리고 작게 동심원을 그리며 사라지는 빗방울들이 마치 이화매 제독의 살심 같았다. 차다 못해 넘쳐 뚝뚝 떨어지는 지독한 살심(殺心).

쿠르릉!

우레가 울리자, 번쩍번쩍 세상이 밝아졌다 어두워졌다를 반복했다. 휘이이잉! 거친 해풍도 몰려들었다. 강한 바람이 이화매의 온몸을 때려댔지만 그녀는 그 자리서 꼼짝도 하지 않왔다. 떨어지는 비를 모두 맞으며 전방에 시선을 두고 있었다.

"올라와라. 제발, 제발 쏘아 올려. 잠……."

"……."

나직한 이화매 제독의 바람에 양희은은 아무 말도 하지 못했다. 잠은 척후를 맡은 쾌속선의 함장이다. 이화매가 이씨세가의 가주가 되기 전 바다를 누비면서 의기투합한 동료다. 그는 척박한 초원의 전사들만큼이나 뛰어난 시력과 동물적인 감각을 가지고 있었다. 이것은 전투적인 감각이 아닌, 경계에 특화된 감각이었다.

척후는 말 그대로 적의 위치나 지형지물을 살피는 일. 잠은 이 부분에서는 오홍련 전체에서도 첫 번째였다. 전투나 모험에는 반드시 필요한 이였기 때문에 항상 이화매와 같이 다니다가, 이번에 뱃머리를 돌릴 때 쾌속정을 타고 먼저 척후 역할을 맡았다. 이화매는 그의 연락을 기다리는 것이다.

그가 찾아냈다고 알려오길 바라는 것이다.

번들거리는 눈빛으로 그렇게 전방을 주시하는데,

피유유…….

펑!

저 멀리 하늘에서 펑 하고 터지면서 황색의 가루가 사방으로 휘날렸다. 이후 바람에 금방 사라졌지만 이화매는 분명히 목격했다.

씨익.

"양 부관."

"네! 최대 속도로 잠의 쾌속선으로 향한다! 모두 움직여!"

네!

선원들이 빗소리에도 먹히지 않을 우렁찬 외침을 토해내고 각각 맡은 장소로 갔다. 이후 돛이 활짝 펴지고, 쾌속으로 바다를 가르기 시작했다. 거리는 상당했지만 기함 춘신의 항해 속도는 결코 느리지 않았다.

둔중하다 느낄 정도로 거대한 전함이지만, 서국의 기술과 명의 기술, 게다가 조선, 심지어 왜놈들의 기술까지 싹 끌어모아 연구했다. 이후 결과가 나왔고, 천문학적인 금액과 시간을 들여 탄생한 게 바로 '춘신'이다. 공수, 속도까지 갖춘 그야말로 괴물 함선이다.

쭉쭉 해수면을 가르고 나가 잠이 타고 있던 쾌속선을 따라 잡았고, 이후 쾌속선이 교묘하게 진로를 막고 있는 왜선(倭船)도 같이 발견했다. 왜선들은 잠이 끌고 있는 쾌속선을 마구 포격하고 있었지만, 단 한 발도 명중시키지 못하고 있었다.

"찾았다."

기함 춘신이 멈추고, 그 옆으로 부기함이라 할 수 있는 화창도 멈춰 섰다. 하지만 사선은 멈추지 않고 움직여 일곱 척의 왜선을 포위해 갔다. 놈들은 기함인 춘신을 보자마자 도망치려 했지만 그걸 보고만 있을 이화매가 아니었다.

명령이 떨어지자 양희은은 바로 포격을 가해 놈들을 묻으로 몰아갔고, 얼마 지나지 않아 모두 포위망에 가둬 넣었다.
이후 포위하기 무섭게 왜선에서 항복을 의미하는 백기가 올
라왔다. 아는 것이다. 겨우 일곱 척으로는 오홍련의 함대를,
그것도 이화매 제독이 이끄는 일 함대를 상대하는 건 자살하
는 것과 다를 게 하나도 없음을. 그러니 차라리 백기를 내건
것이다.

어떻게라도 살아보려고.

하지만 그걸 봐줄 제독이 아니었다.

"큭⋯⋯."

뿌드득!

그걸 보면서 이화매는 이를 갈았다. 백기를 올려?

"양 부관."

"네."

"돛대, 다 부숴버려."

"네."

양희은은 이화매의 말에, 바로 지시를 내렸다. 잠시 후, 콰
앙! 천지가 개벽하는 소리와 함께 사슬탄이 날았다.

선원 학살용이 아닌, 돛대를 박살 내기 위한 것이다. 명의
방식으로 제조된 탄이 아닌, 서국에서 사들여온 탄이었다. 포
까지 같이 사들였기 때문에 돈은 천문학적으로 깨져 나갔지
만 그래도 전투에는 매우 큰 도움이 되기에 그 돈이 아깝지
않았다.

빠각!

우지직!

그 소리를 기점으로 비슷한 소음이 몇 차례 울려 퍼졌다. 기함 춘신과 화창에서 날아간 사슬탄이 왜선 일곱 척의 돛대를 모조리 박살 냈다. 동시에 돛에 걸려 있던 백기도 사라졌다. 용서도 빌 사람에게 빌었어야지.

"양 부관."

"네."

"전방에 기함으로 보이는 놈들만 살려둬도 충분할 것 같지?"

"네."

그럼, 충분하고말고. 양희은도 이런 더러운 새끼들에겐 일말의 자비심도 없었다. 오히려 상관인 이화매만큼이나 분노한 상태였다. 그러니 답은 당연히 바로바로 나왔다. 기함 하나만 살려둬도 어떤 쥐새끼가 뒤를 봐줬는지 정도는 충분히 알아낼 수 있었다. 나머지는? 살려둘 가치가 없었다.

"다 수장시켜."

"네!"

대답한 양희은이 전함! 기함 빼고 일제 포격 준비!라고 외치자마자 수기가 올라가고, 명령이 각 함선으로 빠르게 전달됐다. 포격 준비는 얼마 걸리지도 않았다. 이들의 훈련 강도는 엄청나고, 경험 또한 무시하지 못할 정도로 쌓인 정예 중 정예

다. 최정예라 불러도 이상하지 않은 일 함대의 선원들이다.

"제독님! 전함 준비 끝났습니다!"

"포격 개시."

모조리 죽어라.

그녀의 분노는 그 누가 와도 막을 수 없을 만큼 거대했고, 그 분노를 푸는 데 조금의 주저함도 없었다. 제독의 명령을 받은 양희은이 다시금 명령을 전달했다. 포격 개시! 포격 개시!

수기가 올라감과 동시에,

콰앙……!

춘신이 먼저 불을 품었다.

이후, 따라서…….

콰과과광!

콰광……!

뇌성벽력도 한 수 무를 굉음이 바다 위를 가득 메우기 시작했다.

"으음……."

낮은 신음과 함께 눈을 뜨는 조휘. 안개처럼 뿌연 시야 속으로 새까만 벽만 보였다. 흐린 시야를 본능적으로 바로 잡으려 눈을 끔뻑이다가, 벌떡 상체를 세우는 조휘. 손바닥으로 까끌까끌한 감촉이 전해졌다. 수레에 실은 방원을 덮었던 방수포다.

"아……."

나지막한 탄성이 뒤이어 흘러나왔다. 정신이 좀 돌아오자 여기가 어딘지, 그리고 무슨 일이 있었는지 천천히 기억이 났다. 천천히 상체를 틀어보니 쇠기둥에 묶여 있는 방원이 보였다.

자신이 묶어 놨다. 어제의 일이 완전히 기억났다. 왜놈과 만났던 방원을 떠올리고, 그놈을 끌고 바로 이곳으로 왔다. 정말 고생했다. 중간에 대충 지혈을 하긴 했지만 이미 흘린 피가 너무 많았다. 숲을 뚫고 들어갈 때는 정말 눈앞이 어지럽기까지 했었다. 하지만 결국 끝까지 끌고 왔고, 오자마자 놈을 단단히 쇠기둥에 묶어 놨다. 이후 바로 자신의 상처를 살폈다. 등, 그리고 옆구리. 둘 다 얕은 상처는 아니었다. 오히려 그 반대였다. 제대로 갈렸다. 조금만 더 깊게 갈렸어도 근육까지 손상을 입었을 것이다. 천운이 따랐던 걸까? 아니다. 악운이 따라와 일어난 일이다.

조휘는 이후 상처를 지혈하고, 약재를 겨우 등에 바른 다음 천으로 등과 옆구리를 힘겹게 감고 기절했다. 정말 기절해버렸다. 그러다가 지금 눈뜬 것이다. 시간이 얼마나 지났는지 모르겠다.

신형을 세워 밖으로 나오자 이미 날은 밝아 있었다. 해가 중천에 도달하기 전이니 사시쯤 된 것 같았다.

습관적으로 허리를 틀려다가,

"음……."

몸을 아직 쓰지 말라고 격렬히 저항하는 육체 때문에 조휘는 신음을 흘려냈다. 인상이 팍 일그러져 있었다.

'놈한테 쓸 걸 내가 쓰다니.'

이걸 운이 좋다고 해야 할까?

그럴 수도 있었다. 지혈제와 마른 천 등 전부 방원과 적운 양 때문에 준비했던 것들이다. 그런데 그걸 지금 조휘가 쓰고 있었다.

정신이 완전히 들자 통각 또한 완전히 살아났는지 아찔한 통증을 조휘에게 지속적으로 선사했다.

입술을 지그시 깨문 조휘는 천천히 신형을 돌려세웠다. 그리고 동굴로 다시 들어갔다. 사방에 횃불을 걸어 놓고, 조휘는 딱딱한 육포로 끼니를 대충 때웠다. 이후, 차가운 물을 근처에서 다시 떠 와 방원의 앞에 섰다.

"시작이다, 방원. 궁금한 게 참 많아……. 어제 일까지 포함해서 말이지."

비틀린 웃음을 지은 조휘가 바가지에 든 물을 방원에게 끼얹었다. 촤악! 하고 정확히 면상으로 쏟아진 물에,

"흐어……!"

헛바람을 들이키며 놈이 정신을 차렸다. 무겁게 떠지는 놈의 눈은 탁하기 그지없었다. 아직까지 약효가 놈을 지배하고

있었다. 하지만 상관없었다. 몽롱해도 괜찮았다. 그 정도의 약
효는 일각이면 날려 줄 생각이었으니까.

"방원."

"흐으……."

조휘의 부름에 방원은 아직도 정신을 못 차리고 바람 빠지
는 신음을 흘렸다. 스윽. 조휘는 잘 다듬어진 몽둥이를 들었
다. 이후, 사정없이 정강이를 내려쳤다.

빡!

"흐악!"

놈이 바로 비명을 질렀다. 부러질 정도로 치진 않았지만, 정
신이 번쩍 들 정도의 힘은 넣어서 후렸다.

"방원?"

"흐윽! 누구……!"

빡!

"아악!"

누구냐는 방원의 질문에 조휘는 피식 웃고는 다시금 몽둥
이로 반대쪽 정강이를 내려쳤다. 단단히 신체를 구속해 놨기
때문에 놈이 아무리 고통에 지랄 발광을 떨어도 쇠사슬 찰랑
이는 소리만 날 뿐, 몸은 끔쩍도 안 했다.

"묻는 말에 대답이나 해."

"뭐, 뭐냐! 이! 이놈이!"

"이놈이?"

피식.

아직도 정신이 덜 들어왔다. 지금의 상황을 인지했다면 저 딴 소리는 절대로 하지 못했을 것이다. 조휘는 쪼그리고 앉아 있는 상태로 놈의 어깨를 다시 후려쳤다. 뼈가 부러지지도, 금이 가지도 않을 정도의 힘만 들어갔으나,

빡!

"아악!"

아마 제대로 아플 것이다.

뼈 자체를 두드렸으니 말이다.

"방원."

"크윽……! 누구냐! 감히 내게……! 내게 이리고도 무사할 것 같나!"

"그럴 것 같은데?"

"내가 적가의 총관 방원이다, 이놈!"

의기양양하게 소리치는 방원.

그 모습에 조휘는 생각했다. 아, 아직도 정신을 못 차렸구나. 대화를 하려면 시간이 좀 더 필요할 것 같았다.

조휘는 말없이 자리에서 일어나 반대쪽 손에도 몽둥이를 들었다. 반들거리는 몽둥이가 어둠 속에서 기이한 열기를 품은 것처럼 반짝였다.

"일단 맞고 시작하자."

"뭐, 뭐? 지, 지금이라도… 악! 아악!"

조휘는 그 말을 끝까지 듣지도 않고 방원을 후려 패기 시작했다. 쉽게 죽일 생각은 없으니 아주 차근차근, 어디 하나 고장 나지 않을 만큼만 꼼꼼하게 두들겼다. 고개만 겨우 까닥일 수 있게 묶어 놓은 바람에 방원은 조휘의 몽둥이질을 피하지 못했다. 마치 춤을 추는 것처럼 방원의 전신을 한차례 두들긴 다음,

"방원?"

"크윽······."

기회를 다시 줬지만 방원은 이번에도 그 기회를 걷어찼다. 그러니 어쩌나. 다시 패야지. 조휘의 몽둥이가 다시 춤을 췄다.

빡!

"악!"

빠박!

"악! 내, 적가! 아악! 초, 총관인 내게 이러, 캑! 무사할!"

시끄럽다.

적가의 총관? 그게 뭐? 조휘는 웃었다. 기를 꺾어 놓는 작업이지만, 이 작업 때문에 등이며, 옆구리며 다시 상처가 벌어져 피가 뭉클뭉클 흘러나오는 게 느껴졌다. 그러나 그런 것쯤은 가뿐히 무시하게 만들 즐거움이 뇌리로 가득 들어왔다.

현재의 미소는 정말 즐거워 나오는 것이었다. 환희에 가까운 미소. 조휘가 현재 정상이 아니라는 증거였고, 이 부분은

조휘도 자각하고 있었지만 굳이 자신의 정신을 제어할 필요성을 느끼지 못했다. 아니, 할 생각조차 안 했다.

빡!

빠악!

정확히 뼈만 골라 타격하니, 방원은 악! 악! 때릴 때마다 비명을 흘렸다. 살보다 더 아픈 곳은 당연히 뼈다.

골이 울리는 타격은 정말… 끔찍하다. 살만 베이는 것과 뼈까지 걸려 베이는 것의 차이는 매우 컸다. 뼈는 진짜… 무시무시하게 아프다.

조화는 왜구들에게 수없이 상처를 입었다. 어디가 아프고, 어디가 안 아픈지는 이미 빠삭하다는 뜻이다.

"그만! 악! 그만!"

놈이 악다구니를 쓰며 그만이라고 외치자, 조휘는 발가락을 치려던 몽둥이를 멈추고 다시 방원의 옆에 앉았다.

"이제 얘기 좀 나눌 준비가 됐어?"

"나, 나한테 왜, 왜 이러나! 응? 내가 무슨 잘못을 했다고……!"

"잘못을 안 해? 진짜 그렇게 생각해?"

"그, 그래! 내가 얼마나 깨끗하게 살았는데!"

"깨끗?"

피식.

어이가 없어 실없는 웃음이 입술을 비집고 흘러나왔다. 조휘는 햇불 하나를 들고 방원의 앞으로 왔다.

그러고는 자신의 얼굴을 비췄다.

"날 봐봐."

"……."

환희에 찬 미소, 번들거리는 눈빛을 마주한 방원이 입을 열지 못하자, 조휘는 좀 더 얼굴을 가까이 가져다 댔다.

"나, 모르겠어?"

"처, 처음 보는……."

"큭, 큭큭큭!"

처음 본다고?

조휘는 웃었다. 방원의 처음 본다는 말은 조휘에게 더할 나위 없는 웃음을 안겨주었다. 모르겠단다. 처음 본단다. 이건 간단하게 얘기하자면, 자신은 기억에도 없다는 소리였다. 더 나아가서, 조휘의 부모님까지도.

"좋아. 왜 맞는지 이유는 알고 맞아야지. 그렇지?"

"그, 그게……."

"내 이름을 말해주지. 진조휘. 어때, 기억 좀 나?"

"지, 진조휘……."

방원이 눈알을 데굴데굴 굴리며 조휘의 이름을 곱씹었다. 떠올리려고 노력하는 것 같았다. 조휘는 기대했다. 이름을 말해줬으니, 혹시 기억하려나? 하고. 하지만 방원은 고개를 저었다. 모른다는 뜻이었다.

그에 조휘는 또 입가에 미소를 그렸다.

"그럼 십 년 전의 일은? 아, 이젠 십 년이 더 지났나? 어쨌든 내가 이러는 이유를 설명해 줄게. 좀 많으니까 이번에는 기억날 거야. 하나, 적가의 장남이 우리 아버지의 목을 베었어. 술 마시고 가다가 어깨를 부딪쳤다는 이유로. 둘, 그걸 따지려고 간 우리 어머니를 적가의 총관이 매질을 하라고 시켰고, 결국 돌아가셨어. 셋, 화가 난 두 사람의 아들이 몰래 숨어 있다가 적가 장남의 대갈통을 깠다네? 물론 걸려서 치도곤을 당하고, 관에 넘겨졌지. 그 아들은 군역 십 년을 받았어. 어때, 이게 내가 이러는 이유인데, 이제 좀 기억나?"

"아⋯⋯."

기억났다는 듯이 탄성을 흘리는 방원. 눈빛이 사정없이 흔들렸다.

"그래, 내가 그때 군역 십 년을 받았던 아들이지."

"사, 살아 있었⋯ 어?"

"그럼, 살아 있었지. 악착같이 살아 있었지. 방원, 만나고 싶었다고. 꿈에서도 만나길 그렸을 정도라니까⋯⋯?"

"⋯⋯."

조휘는 웃었다. 방원은 그런 조휘의 웃음에 사색이 되었다. 흉신악살보다 지독한 웃음을 짓는 조휘에게 겁을 먹은 것이다.

동경이 없어 자신의 얼굴을 확인하진 못하지만, 아마 웬만한 귀신이 와도 지금 자신의 미소를 따라 하진 못할 거라 생각했다.

"방원."

"그, 그게··· 그때는 그저 명령에······!"

"아니, 아니야. 그게 아니지. 벌써 빌면 어떡해? 그럼 너무 서운하잖아? 버텨. 응? 조금만 더 버텨주라. 이건 진짜 부탁이야. 혹시 알아······?"

스윽.

자리에서 일어난 조휘는 풀어 놓은 도구가 있는 곳으로 갔다. 거기서 아주 작고, 예리한 소도 하나를 손에 쥔 조휘는 다시 천천히 신형을 돌렸다.

"내가 빨리 죽여 줄지?"

"흑! 히익! 사, 살려주게!"

"아, 좀 버텨달라니까 그러네."

횃불에 소도를 몇 차례 비춰 본 조휘는 다시 천천히 방원에게 다가갔다.

"으아! 오지 마! 오지 말라고! 으아악!"

"재미없게."

조휘는 방원의 종아리 쪽에 쪼그리고 앉아, 소도로 그의 하의를 갈랐다. 스으윽. 예리한 날이 종이를 베듯이 하의를 가르자 방원의 허벅지와 종아리가 드러났다.

"방원."

"사, 살려주게! 으아! 다 가주가 시켜서 그런 거야! 나는 시켜서 그런 거라고! 내, 내가 그런 게 아니란 말이네!"

"진짜?"

"지, 진짜네! 진짜란 말이네! 나는 그저 가주가 시켜서 그랬네!"

"거짓말. 다 들었는데."

어머니에게 들었다.

자신에게 매질을 가한 적가의 총관은 웃고 있었다고. 시켰건, 안 시켰건 그게 중요한 게 아니다. 놈이 어머니에게 그런 모진 매질을 가하면서, 즐거움에 처웃고 있었다는 게 중요하다. 지금 이 말이 사실인지 아닌지는 중요하지 않다는 소리다.

스으으윽.

"히익!"

소도가 얕게, 아주 얕게 방원의 허벅지 위를 지나갔다. 피부가 갈라지고, 피가 송골송골 맺혔다.

"그럼 이제 시작하자."

활짝, 만개한 미소를 짓는 조휘. 그 얼굴에는 예의… 마(魔)가 제대로 깃들어 있었다. 오늘을 위해 억누르고 있던 감정을 드디어 풀어 놓는 조휘. 십 년간 곱씹었던 복수심에 불길이 제대로 붙었다.

"방원."

"사, 살려주게! 내 다 보상하겠네!"

"됐고."

조휘는 소도를 반대쪽 허벅지에 가져다 대고, 찬란한 미소를 지으며 물었다.

"왜 그랬어?"

이 순간, 조휘는 이미 인간이 아니었다.

제17장
복수의 시작

한 시진이 지났을 때,

"이 악마! 네놈이 정녕 사람이더냐!"

"응? 나 사람 아냐. 아직 몰랐어?"

조휘는 대답하면서도 아주 얇게 살을 저며 놓은 방원의 허벅지에 지혈제를 바르고, 천으로 싸는 손길을 멈추지 않았다.

방원은 처음에는 격렬하게 빌다가, 조휘가 허벅지에 붉은 실선을 수십 가닥쯤 남겼을 때는 불같이 화를 냈다.

협박, 아주 내가 나가면 너를 반드시 죽이겠다고 하다가 지금이라도 풀어주면 살려준다고 회유를 하기도 했다. 그러다가 조휘가 소도를 들어 폭 찌르면 악악! 거리면서 비명을 질렀다.

꼬박 한 시진.

조휘는 방원의 하체에 수십 개의 칼집을 냈다. 길이, 깊이 등이 전부 다른 칼놀림을 보여주고는 죽지 말라고, 아주 친절히 자신이 낸 상처에 약을 발라주고 깨끗한 천으로 감아줬다.

그러고는 다시 육포 몇 개를 들고 와 방원의 주둥이에 물려 줬다.

"먹어. 먹어야 오래 살지."

"퉤!"

"왜, 싸구려라 싫어?"

"지옥에 떨어질 놈!"

"아, 그건 좋네. 그럼 너랑 같이 떨어질 것 아냐? 그럼 또 함께할 수 있겠네?"

"이이익!"

억울하다는 듯이 이익거리는데, 그게 조휘에게는 정말 기도 안 차는 모습이었다. 억울? 그건 방원이 할 말이 아니다. 여태껏 방원에게 온갖 해악을 당했던 사람들이나 쓸 단어지.

"열 내지 마, 방원. 이거 왜 이래? 그동안 네가 했던 일들에 비하면 이 정도는 약과잖아?"

조휘는 그렇게 말하고는 육포 하나를 질겅질겅 씹었다. 짭조름한 맛이 없으면 공짜로 줘도 안 먹을 육포지만, 지금은 되도록 뭐라도 먹어둬야 했다. 체력을 보충해둬야 하고, 등이나 옆구리에 입은 상처 때문에라도 더더욱 먹어야 했다.

"살려주게. 내 살려만 주면 뭐든지 하겠네……."

처량하게 비는 방원을 보니, 조휘는 더더욱 방원을 죽이고 싶어졌다. 살려달라는 말은 방원이 할 말이 아니었다. 빌어도 너무 큰 걸 비니까, 이 염치없고, 더러운 놈의 입을 먼저 뭉개고 싶어졌다. 하지만 참았다.

오래 기다렸으니까.

무려 십 년이나 기다렸으니까.

결코 편하게 방원을 죽일 생각은 없었다.

"방원."

"살려주게, 살려만 주면 내……."

"주둥이 꿰매버리기 전에 살려달라는 말 그만해."

"……."

그 말에 바로 입을 닫는 방원. 또 주둥이가 꿰매지는 건 싫은 모양이었다. 큭큭! 조휘는 그런 방원의 행동에 낮게 웃었다. 저 이기적인 행동. 제 놈이 저지른 악행은 생각도 안 하고 살려달라고 비는 저 꼬라지가, 조휘가 지금 내가 잘하고 있구나, 스스로 기특해하는 마음을 품게 만들었다.

육포 다섯 조각을 먹은 조휘는 탕약기와 약첩을 들고 밖으로 나갔다. 주변에 잔뜩 널린 마른 나뭇가지들을 가져다가, 동굴 입구에서 조금 떨어진 곳에 모닥불을 지폈다. 연기가 올라갈 수도 있겠지만 아마 높이 올라가기 전에 해풍에 맞아 전부 흩어질 것이다.

피를 보충할 때 먹는 약인데 방원에게 먹일 건 아니었다. 아직 방원은 그렇게 심하게 피를 쏟지 않았다. 그러니 이 탕약은 조휘가 먹을 거였다. 몸 상태가 진짜 좋지 않았다. 방원을 잡아 오지 못했다면 당장 쉬고 싶은 마음까지 들 정도로 상태는 최악이었다.

고문도 심력을 동반해야 한다.

독심을 제대로 품어야 고문다운 고문을 할 수 있는 법. 그리고 이미 정신을 혼탁하게 만드는 마를 한 차례 받았었기에 정신적으로도 매우 좋지 않았다. 누가 툭 건드리면 바로 풍신으로 목을 날려버리고 싶을 정도였다. 방원도 지금 당장 처절한 비명을 쏟아내게 만들고 싶었다. 그걸 조휘는 겨우겨우 참고 있었다.

'급할 건 없으니까……'

최대한의 고통과 공포를 준다.

어느새 우러났는지, 코를 막고 싶은 충동을 일게 만드는 탕약을 사발에 담고, 호호 불어 마시는 조휘.

인상이 팍 찡그려졌다. 떫고, 쓰다. 진짜 약이 아니라면 당장에 버리고 싶은 맛이었다. 이걸 먹게 만든 왜구…….

'아.'

그러고 보니 물어볼 게 더 있었다.

조휘는 사발을 대충 주변에 놓고 다시 안으로 들어갔다. 발걸음을 죽이고 조용히 안으로 들어가니 방원이 익! 이익! 쇠사슬을 풀려고 용을 쓰고 있었다.

"그거 안 풀려. 쓸데없이 힘써 봐야 소용없어."

"이놈!"

"왜."

조휘는 짧게 대답한 후 이번에는 작은 망치를 하나 들었다. 그리고 손가락 길이의 쇠못도 하나 들고 일어났다.

그 두 개를 들고 다시 다가가자, 방원이 풀어라! 이 미친놈아! 어서 풀지 못할까! 하고 발악을 했다. 물론 조휘는 끔쩍도 하지 않았다.

"방원, 대답해야 할 게 있어. 어제 왜구가 소산을 쳐들어왔어. 모르지?"

"왜, 왜구가? 그, 그게 나와 무슨 상관이냐!"

"소산에 살잖아. 그럼 상관있는 거지. 근데 중요한 건 이게 아니고. 왜구가 왜 쳐들어왔을까? 그것도 항주에서 엎어지면 코 닿을 거리인 소산까지. 이 새끼들이 미쳤던 걸까?"

"모, 모르는 일이다!"

"뭘 모르는데?"

"……."

심증이, 이제 확신으로 변했다.

"방원… 내가 봤거든. 며칠간 널 따라다니면서. 며칠 전에 왜놈 하나 만났지? 그리고 둘이 수신루에 갔고."

"그, 그걸……."

"어떻게 알았냐고? 지금 말했잖아. 널 며칠 동안 미행했다고. 먹물만 처먹다 보니 주변에 누가 따라다녀도 하나도 모르겠지? 널 몇 번이나 죽일 수 있었는데 참은 거야. 지금을 위해서. 아, 중요한 건 이게 아니고."

"……."

"너야?"

"뭐, 뭘 말이냐!"

"네가 흘렸냐고, 정보."

"나, 나는 아니다!"

"너 맞네."

"아, 아니… 으악!"

빡!

방원이 변명을 끝내기도 전에, 조휘는 놈의 발목을 잡아 돌린 다음, 동그랗게 톡 튀어나온 부분을 망치로 확 내려찍었다. 이번엔 제대로 작정하고 내려찍었다. 아마 최소한으로 잡아도 뼈 자체가 금이 갔거나, 깨졌을 것이다. 조휘는 후자일 거라고 예상했다.

"으악! 아아악!"

"소리 지르지 마, 개새끼야. 동족을 팔아먹은 개새끼가 어딜 아프다고 짖고 지랄이야, 지랄이."

"흐윽! 흐으윽!"

방원은 고통에 온몸을 비틀었지만, 칭칭 감겨 바닥에 고정

되어 있는 쇠사슬이 놈의 지랄 발광을 그저 꿈틀거리는 정도로 끝나게 만들었다.

"덕분에 어제 개고생했어. 뒈질 뻔했다고. 등짝이 갈리고, 옆구리도 썰렸어. 아쉽지? 내가 어제 죽었어야 되는데. 그치?"

"크으윽……!"

방원은 말을 잇지 못했다. 끔찍한 고통 탓이라 생각됐다. 하지만 조휘는 지금 자비가 없는 상태였다. 반대쪽 발목을 다시 잡아가자 놈이 마구 발광을 떨었다. 하지만 아무리 힘을 줘도 반항은 무의미했다.

"오홍련의 일 함대가 나가는 건 나도 봤거든. 그런데 아주 기가 막히게 며칠 뒤 네가 왜놈을 만나더라? 그땐 몰랐지. 아, 진짜 몰랐다고. 설마, 진짜 설마설마했었어. 그런데 어제 왜구의 기습을 받고 나니 네가 딱 떠오르는 거야. 아, 이 개새끼가 정보를 흘렸구나. 아니면 어떻게 오홍련의 함대가 항주를 벗어난 다음 딱 약탈을 올 수가 있겠어. 안 그래?"

"흐아! 그, 그게 아니……!"

아니긴 뭐가 아니야, 이 개새끼야!

빡!

"크악!"

망치가 다시 놈의 발목뼈를 내려쳤다. 단방에 움푹 들어간 모양이, 성혜가 다쳤던 것과 비슷했다. 맞다. 조휘는 지금 성혜와 똑같은 고통을 선사하려 한 것이다. 흐악! 흐아악! 억눌린 신음과 숨을 토해내는 방원은 이미 겁에 잔뜩 질려 있었다. 아마 본능적으로 느끼고 있는 것 같았다.

조휘에게 자비란 아예 없고, 자신이 살아나갈 수 있는 길 또한 하나도 없음을.

"그런데 궁금한 게 있어. 그날 왜구들의 첫 번째 공격은 포격이었거든? 그것도 원형탄이 아닌 진천뢰 종류의 포탄을 썼어. 너도 알지? 진천뢰 종류는 폭발한다는 걸. 그런데 왜 너는 어제도 소산에 있었지? 거기다가 술까지 처마시고? 생각해 보니까 이게 좀 궁금하네. 설마 왜놈들이 정밀 포격으로 적가는 피해 쏜다고 했나? 그리고 너는 그걸 믿었고?"

그렇다면 정말 미친 짓이다. 세상에 믿을 놈이 없어서 왜놈들 말을 믿나. 설마하니 적가 정도 되는 쓰레기들이 똑같은 쓰레기들의 말을 믿었을 리가 없었다. 그러니 분명 다른 이유가 있을 거라 생각되어 나온 질문이었다.

"나, 나는 정말 몰랐다고……. 몰랐다고!"

"또 거짓말하네. 이 마당에 거짓말하면 뭐가 나와? 누가 구해준대? 꿈 깨라."

"지, 진짜… 아, 아니야! 사실!"

변명을 하려 하기에 조휘가 다시 망치를 들자, 방원이 급히 말을 바꿨다. 그에 조휘는 히죽 웃는 낯으로 계속하라고 고갯짓을 했다. 물론 들어 올린 망치는 아직 내리지 않았다.

"그, 가주는 이미 어제 떠났어! 나, 나는 적가의 지하 토굴을 통해 마을 밖으로 나갈 생각이었고!"

"적가가 박살 나도 괜찮았다?"

"그, 그래!"

"호오, 왜? 왜 동족을 팔아가면서 적가의 장원까지 날리려고 했는데?"

"그, 그게 요즘… 오홍련의 의심을 사는 것 같아서……."

말은 작고, 흐렸지만 조휘는 확실하게 들었다. 오홍련의 의심을 산다는 말을. 아니, 이미 오홍련은 적가에 대한 조사를 끝냈다. 의심 정도가 아니라, 이미 물증까지 다 잡아놓고 그냥 봐주고 있던 거다. 조휘를 위해서.

조휘의 입가에 맺힌 미소가 더욱더 진해졌다.

'그렇다면 나 때문이란 소린데……. 하, 이런 거지 같은…….'

조휘가 아는 이화매 제독이라면?

그때 춘신과 화창으로 적가의 장원을 날려버리려고 했다고 했다. 그게 그냥 했던 말이었을까? 고개가 절로 저어졌다. 그럴 사람이 아니었다. 그건 진심이었다. 봐준 이유가 있다면 분명히 조휘 때문이었다. 그럼 만약 이화매 제독이 먼저 응징을 했다면? 아는 순간 적가를 부쉈다면? 어제 왜구의 약탈은 없었을 것이다.

입맛이 텁텁하다 못해 쓰다.

"왜구의 약탈을 도운 이유는?"

"그, 세탁을 하려고……."

"세탁?"

"약탈 뒤 적가가 소산의 재건을 전력으로 도우면… 오홍련의 의심도 거둬지지 않을까 해서……."

"……."

"그, 그래서 일부의 피해를 감수하고……. 잘못했네! 이것도 전부 가주의 생각이야! 나는 시키는 대로 한 죄밖에 없네!"

"……."

조휘는 말문이 턱 막혔다.

그 정도로?

겨우 그 정도 이유 때문에 죄 없는 사람들이 그리 죽어야 했나?

조휘는 너무 기가 막혀 말도 안 나왔다. 이게 정말 인두겁을 뒤집어쓴 사람이 할 수 있는 일일까? 사람의 머리에서 나올 수 있는 생각일까?

오홍련이 자신들을 조사하고 있다는 사실을 알게 됐고, 불안한 마음에 평판 세탁을 위해 왜구의 약탈을 도왔다. 아니, 도운 정도가 아니라 어쩌면 아예 의뢰를 했을 수도 있다.

조휘는 바로 확인해 봤다.

"혹시 오홍련을 밖으로 끌어낸 봉화도 니들 짓이야?"

"그, 사, 사람을 시켜서……."

"큭, 큭큭!"

미쳤다.

이 얘기가 진짜라면, 이들은 진짜 멍청한 거다. 이미 오홍련은 적가에 의심을 품은 정도가 아니라, 전부 알고 있었다. 그 정도의 정보력을 가진 오홍련이 거짓 봉화에 대한 것을 알아채지 못할까? 지옥까지 쫓아가서라도 찾아낼 것이다. 한 달을 내리 굶은 범의 아가리에 대가리를 들이민 꼴과 대체 뭐가 다른지 조휘는 분간을 해낼 수가 없었다. 그리고 이 대답에서 조휘는 알 수 있었다.

"정보만 넘긴 게 아니라… 아예 의뢰를 했구나?"

"그, 그건……"

스윽.

말끝을 흐리자, 조휘는 손에 든 망치를 조금 더 들어 올렸다.

빡!

"크악! 흐어어어! 했어! 아니! 했습니다! 가주가 시켜서 했습니다! 잘못했습니다! 살려주십시오!"

엉엉!

방원이 울음을 터뜨렸다.

쳐울어?

네가 지금… 쳐울 때가 아니잖아? 무고한 생명을 그리 뺏어 놓고, 살려달라고 울 때가 아니잖아.

"안 그래?"

조휘는 고개를 돌려 동굴의 입구를 바라봤다. 그곳에는 벽을 짚고, 부들부들 떨고 있는 성혜가 서 있었다.

"알아냈습니다."

"……."

양희은의 말에 이화매는 여전히 수평선에 시선을 준 채 움직이지 않았다. 그런 제독을 보다가, 양희은은 다시 입을 열었다.

"적가의 가주, 적운양의 짓입니다."

"적가……."

큭! 후후후!

이화매의 입에서 살벌한 웃음이 흘러나왔다. 이화매가 총제독에 오르고 나서부터 모시기 시작했던 양희은은 지금 제독이 얼마나 화가 나 있는지 아주 잘 알고 있었다. 이화매 제독은 화가 나면 말수가 줄어드는 부류였다. 그 분노를 겉으로 표출하기보다는 직접적으로 풀 상황이 오기 전까지 참고, 또 참는 게 바로 이화매 제독이다.

"적가… 적가란 말이지."

그래서 중얼거리는 제독의 목소리는 평안하다고 생각될 정도로 고요했다. 분노가 아닌, 무감정의 목소리지만 차이가 크게 없어 화가 난 게 맞나? 하고 생각될 정도. 그러나 지금 이 제독의 분노는, 만약 겉으로 표현만 된다면 저 하늘의 먹구름도 찢어버리고 승천했을 것이다.

"이유는?"

"그것까지는 잘 모르고, 그냥 적가의 부탁으로 약탈을 했다 합니다. 소산에서 올라온 봉화도 적가의 짓이고, 우리가 나가 자 정보를 흘린 것도 적가의 총관 방원이라는 자로 확인됐습 니다. 그리고 지금 우리가 봤던 봉화도 조사하라고 명을 내려 놨습니다."

"적운양, 방원……. 이건 우연인가, 아니면 필연인가. 어떻게 된 게 전부 마도의 복수 대상과 겹치는군."

"그렇습니다. 이제 어떻게 하시겠습니까?"

"그야 당연히……."

이화매는 거기까지 말하고, 전투를 위해 짧게 자른 단발을 한 번 흔들어 정돈했다. 눈을 건드리는 앞머리가 거추장스러 운지 허리에서 소도를 꺼내 잘라내고는, 바다에 뿌렸다. 휘이 잉. 묘하게 붉은색을 머금은 머리카락이 바람에 휘날려 흩어 져갔다.

"소산으로 향한다."

"직접 처리하실 생각이십니까?"

피식.

양희은의 말에 이화매는 낮게 실소를 흘렸다. 차분하게 수 평선을 바라보고 있지만, 상대의 눈빛을 잘 읽는 부류라면 아 마 알 것이다. 지금 이화매 제독의 눈빛 속에 얼마나 거대한 분노가 잠들어 있는지. 아니, 억눌려 있는지.

정신 수양이 낮은 자였다면 길길이 날뛸 일을 겪고도, 이화매 제독은 광장히 냉정하게 행동하고 있었다.

양희은은 그런 제독의 모습에 소름이 끼쳤지만, 반대로 믿음직스럽기도 했다. 지휘관이 반드시 가져야 할 덕목을 이화매는 제대로 갖췄다.

"양 부관."

"네."

"내가 이 상황에서도 마도를 위해 적가의 쥐새끼들을 양보할 거라고 보나?"

"아닙니다."

"그대가 봐도 난 안 그럴 것 같지?"

"네."

"후후, 후후후."

소산으로 향하라는 명령처럼, 이화매는 적운양과 방원을 양보할 생각이 없었다. 지금 현재 조휘가 방원을 잡아 놓은 상태지만, 이화매는 아직 그것까지는 알지 못했다. 심기를 어지럽힌 정도가 아니라 동포를 팔아먹은 반역자다. 결코 곱게 대해주진 않을 것이다. 아직 무엇 때문에 이런 짓을 했는지는 모르지만, 그 정도는 잡은 다음에 알아내도 늦지 않다.

밑의 수하들에게 시키지 않고 자신이 직접 해도 하루, 늦으면 이삼 일, 빠르면 반나절이면 알아낼 자신이 있었다.

후우…….

"마도에 대한 정보는?"

"수신루에 심어둔 비선과 만났다는 연락이 끝입니다. 그다음 행적은 아직입니다."

"그게 언제지?"

"정확히 팔 일 전입니다."

"팔 일, 팔 일이라……. 그럼 작업을 했을 수도 있겠군."

"개인적으로는 이미 시작했을 거라 생각됩니다. 그의 성격상 준비가 다 끝났는데도 어물거리고 있진 않을 겁니다. 만약 아직 시작되지 않았다면, 그건 분명 이번 왜구의 약탈 때문에 미루어졌을 겁니다."

"그렇지. 그는 복수를 미룰 사내가 아니지. 굉장한 행동력. 내가 그를 높이 사는 이유 중 하나지."

"저도 파악했습니다."

"후후."

이화매는 끓어오르는 분노를 잠재우기 위해 화제를 돌렸다. 많은 화젯거리가 있었지만, 지금 이 순간 가장 적당한 화제는 당연히 마도, 진조휘였다. 반드시 마음을 휘어잡아 곁에 두고 싶은 자.

무력은 말할 것도 없고, 제법 머리도 쓸 줄 안다. 상황 판단 능력은 단연 발군이고, 마음이 정해지면 곧바로 실행에 옮기는 행동력 또한 나무랄 데가 없다. 그런 그의 능력은 어떤 전장에서라도 빛날 거라 생각했다.

산전수전을 가리지 않고 기습, 집단전, 장군전은 물론 척후의 함장, 어쩌면 교역을 맡겨도 잘할 것 같았다.

그렇게 꼭 얻고 싶은 진조휘이지만, 꼭 마음을 얻어야 하는 마도이지만,

'마도, 이번엔 양보 못 하겠어.'

이번에는 힘들 거라는 걸 이화매는 예감했다. 자신의 가슴속에서 타오르는 분노의 불길이 너무 거셌다. 이걸 끄려면 반드시 적운양, 방원의 목이 필요할 것 같았다. 아니, 반드시 필요하다. 분노를 잠재울 제물로 두 놈의 목이 반드시 제단에 올라가야 했다.

이화매가 바다의 제왕인 이유다.

아주 끔찍하게 확실한 성격. 옳고 그름에 대한 경계선도 확실하면서, 그걸 이용해 먹을 줄 아는 트인 사고방식도 갖추었다. 그런 그녀가 이번엔 양보의 미(美)를 거둘 생각이었다. 그녀의 마음이 정해진 이 순간, 조휘에게 잡힌 방원은 물론, 적운양의 목숨도 결정되어 버렸다.

'적운양, 방원.'

오홍련을,

'이, 이화매를 우습게 본 죄를 똑똑히 치르게 해주마.'

저 멀리 보이기 시작하는 육지를 바라보는 제독의 굳은 맹세였다.

"제독, 포로들은 어떻게 처리할까요?"

"버려."

"네."

그녀는 독심을 그대로 내비쳤고, 잠시 후 일백에 달하는 왜구가 사지가 포박당한 채 바다에 처박혔다.

*　　　　*　　　　*

오홍련의 일 함대는 소산에 기항하기로 했지만, 항상 사용하던 전용 항구에 정박할 수는 없었다. 왜놈들의 침략에 완전히 박살이 나버렸기 때문이다. 얼마나 철저하게 망가졌는지, 나무판자 하나 성한 게 없을 정도였다.

왜놈들의 분노 때문이었다. 일반 해적 말고, 풍신수길의 명령을 받는 놈들도 가장 증오하는 게 바로 이화매 제독이다.

명의 수군은 아예 싫어하지도 않는다. 그들은 쇄국정책으로 인해 매우 무능하니까. 그래서 가장 싫어하는 오홍련의 총제독인 이화매의 전용 항구를 아예 박살 내버린 것이다.

"개새끼들이 발악을 하고 갔군."

수송선을 타고 육지를 밟은 이화매가 작살난 항구를 보며 중얼거렸다. 잿더미였다, 잿더미. 뜯어내고, 부수고, 태웠다. 아주 작정하고 박살 냈는지 아예 처음부터 다시 지어야 할 것 같았다.

뒤따라 내린 양희은도 항구였던 자리를 둘러보며 한숨을 내쉬고는 말했다.

"한 달은 걸리겠습니다."

"최대한 빨리 재건해."

"네."

이화매는 바로 소산으로 움직였다. 걸으면 걸을수록 가까워지는 소산을 바라보는 이화매의 얼굴은 점점 굳어갔다. 현의 입구는 아예 뭉개져 있었다. 집이 아닌 야외에 임시로 지어 놓은 수십 개의 천막 안에서는 절절한 곡소리와 끔찍한 신음 소리가 흘러나왔다. 평소라면 이화매를 보고 인사를 했을 텐데, 아무도 그러지 않았다. 인사를 하기에는 그들의 정신 상태가 매우 혼란스러웠기 때문이다. 이화매는 많이 봐왔다. 아니, 많은 정도가 아니었다. 너무 많이 봐서 질릴 정도라 하는 게 맞는 말이었다. 왜구의 약탈은 그 자체로 사람의 혼을 쏙 빼놓는다.

지저의 마귀 같은 울음소리를 토해내면서 닥치는 대로 부수고, 태우고, 죽이고. 또 닥치는 대로 빼앗고, 훔치고, 납치하는 게 바로 왜구의 약탈이다. 같은 인간이 맞나 싶을 정도로 자비가 없으며, 인간이 인간을 가축 취급 하는 게 바로 왜놈들이다.

그러니 살아남았어도 혼은 그대로 육신을 빠져나가 한동안 제자리로 돌아오지 못하는 상태가 된다.

물론 전부가 그렇다는 건 아니었다. 일부는 강인한 정신력으로 바로 정신을 차리고 상황을 수습한다.

저기, 저 사람들처럼.

걸음을 멈추고 잠시 살아남은 사람들을 치료하고 있는 이들을 보던 이화매가 툭 말을 던졌다.

"아직 안 갔나보군."

"저 사람들 말씀이십니까?"

"그래, 낯익은 얼굴이야. 아니, 아는 얼굴이지."

"음… 마도와 함께 온 이들이군요."

"그래. 왜 안 갔는지는 모르지만, 저 모습을 보니 심성은 나쁘지 않은 모양이야."

"나쁘지 않은 정도가 아니라, 뇌주 상단주가 제대로 가르친 모양입니다."

"그러게. 뇌주 상단과 줄 하나를 트라고, 원륭에게 기별을 넣어."

"네."

이화매는 열심히 사람들을 치료하는 일단의 무리에게서 시선을 떼고 다시 소산을 향해 걷기 시작했다. 현에 가까워지니, 문을 막고 있는 명군이 보였다. 어수선했다. 천호의 복장을 하고 있던 이가 계속 명령을 내리다가 이화매를 발견하고는 눈을 동그랗게 뜨고는 바로 달려왔다.

"충!"

"군례는 집어치우고, 상황은?"

"매우 안 좋습니다. 한 시진 동안 제대로 쓸렸습니다."

"한 시진······."

큭! 짧은 웃음을 흘린 이화매는 혀로 입술을 핥았다.

'이 새끼들이··· 진짜 미쳤구나.'

말이 안 되는 일이다. 한 시진이라고? 소산과 항주 중간쯤에 주둔 중인 기병대의 존재를 이화매는 안다. 이들이 봉화만보고 달렸어도 반 시진이면 소산에 도달한다. 그런데 한 시진이라고? 아무리 밤을 기점으로 일이 터졌다고 해도 한 시진이나 걸렸다는 건 정말 말이 안 되는 소리였다. 억누르고 있던분노와 짜증이 다시금 머리를 치켜들고 수면 위로 쭉쭉 유영해 올라왔다. 그러자 대번에 뒤바뀌는 이화매의 기세. 제왕의기세가 다시금 흘러나오기 시작했다. 정천호는 이화매의 바뀐기세에 이를 악물었다.

"이름이?"

"유현학입니다!"

"좋아, 유현학. 한 시진 동안 그대들은 뭘 했지?"

"그, 그게······."

"말 흐리지 말고, 그 주둥이를 뽑아버리고 싶어지니까. 왜, 내가 수군감찰도독이라고 자네 목 하나 칠 힘도 없을 것 같나?"

서슬 퍼렇다 못해 제왕의 기세에 끔찍한 분노까지 담기니,정천호 유현학은 사색이 되었다. 그라고 왜 모를까? 오홍련의이화매를. 항주 이씨세가의 당대 가주인 이화매는 너무나 유명했다. 내륙에서도 그 이름이 화자되는, 어쩌면 현 중원에서 가장 유명하고, 힘 있는 이라고 생각해도 될 것이다.

그런 이화매의 직위는 수군감찰도독(水軍監察都督). 특별 직이라 할 수 있다. 그러니 이 직위는 그냥 명예직이다. 이화매를 명(明)에 묶어 두기 위해 급조해 만들어 억지로 쥐어준 직위. 하지만 직위 자체가 가진 힘은 분명히 있다. 다른 이라면 이런 벼슬 가져봐야 쓸모도 없지만, 이화매가 가졌다면 말이 달라진다. 무려 정일품의 벼슬이다.

정천호 따위가 감히 개길 수도, 쳐다볼 수도 없는 계급인 것이다. 그런데 이화매는 황실의 명령도 듣지 않는 독립 함대의 총 제독이다. 이곳에서는 그녀가 법이고, 황제다.

정천호?

현장에서 사살해도 그 누구도 이화매에게 뭐라고 할 수 없었다. 아니, 뭐라고 하긴 할 수 있겠다. 하지만 그걸로 끝이다. 그 이상 이화매에게 할 수 있는 건 없었다. 제재? 관직 박탈? 애초에 있어도 그만, 없어도 그만이라 생각하는 이화매였다.

"대답해라, 유현학. 왜 한 시진이나 걸렸지? 이번에도 대답하지 않으면 적과 내통한 걸로 알고 이 자리에서 목을 베어주마."

한기가 뚝, 아니, 아니다. 우르르! 떨어지는 이화매의 말에 유현학은 사색이 되어 즉각 대답했다.

"다, 당치도 않습니다! 내통이라니요! 저희는 그날 밤 야간 기동 훈련을 실시했었습니다!"

"……."

야간 기동 훈련?

그게 뭔지는 이화매도 안다. 오홍련도 야간 전투를 대비해한 달에 한 번은 하는 훈련이니까. 그런데 그게 변명이 되지는 않는다.

"일 년에 한 번 할까 말까 한 훈련을 이번에 했다……. 왜구의 약탈에 딱 맞춰서……. 후, 후후후!"

낮게 읊조리듯이 말한 이화매가 거칠게 웃었다. 웃음은 점점 커져, 아하하하하! 하고 소산의 남문을 울렸다. 그리고 종내에는 거대한 메아리가 되어 주변 모든 이의 이목을 끌어당겼다. 유현학은 이를 악물고, 눈을 감고 있었다. 그리고 목을잔뜩 움츠리고 있었다. 살고자 하는 의지.

뚝.

웃음을 멈춘 이화매가 유현학의 멱살을 잡고 확 끌어당겼다. 그리고 그의 얼굴에 자신의 얼굴을 바짝 가져다 댔다. 그러자 유현학은 눈을 떴고, 히죽 웃고 있는 이화매의 얼굴을제대로 보고는 정신이 혼미해져갔다.

"유현학."

"네, 네!"

"살고 싶나?"

"그, 그렇습니다! 사, 살려주십시오!"

"후후, 살려주지. 좋아, 살려줘야지. 사람의 목숨을 함부로 거둬서야 쓰나. 안 그래?"

몇 시진 전 몇백의 왜구를 수장시켜 버린 이화매가 할 말은 아니지만, 그 누구도 그녀의 말에 토를 달 수는 없었다. 터져 나온 그녀의 분노는 이미 이 장소에 있는 전원을 압도하고 있었으니까.

"흐윽……!"

지독한 공포에 유현학이 헛바람을 들이켜자, 이화매가 그의 귀에 대고 조용히 속삭였다.

"누구지? 훈련 명령을 내린 새끼."

"그, 그게……."

"죽고 싶어?"

"가, 강량 도독첨사(都督僉事)의 명령을 받았습니다!"

"강량… 강량이란 말이지."

"네!"

"네놈이 드디어……."

미쳤구나.

으득!

이가 나갈 정도로 간, 이화매가 유현학의 멱살을 놓았다. 그러고는 신형을 돌렸다. 양희은은 척! 자세를 바로잡았다.

"양 부관."

"네!"

"모든 비선을 동원해서 강량 그 개새끼를 조사해. 머리부터 발끝까지 싹싹 털어! 그리고 적운양, 방원의 위치도 같이 파악해서 보고해. 그 두 새끼는 내가 직접 잡는다. 유키하고 이안, 잠, 전부 오라고 하고. 아, 이화도 같이."

"네!"

이화매는 명령을 받고 사라지는 양희은을 보다가, 유현학에게 시선을 옮겼다.

'야간 기동 훈련? 이게 우연일까? 지랄······.'

이화매는 이딴 우연은 믿지 않는다. 이런 상황이라면, 항주의 코앞까지 놈들이 쳐들어온 이 일은 반드시 필연적인 부분이 엮여 있을 거라 생각됐다.

툭, 투두둑. 바다에서 쫓아온 먹구름이 육지에도 비를 쏟기 시작했다.

'피바람을 그리 원해?'

판이 커지고 있다. 목을 쳐 날릴 놈들이 기하급수적으로 늘어난다. 하지만 이화매는 상관없었다.

좋아, 그렇게 원한다면······.

"아주 시원하게 불게 해주지."

그녀의 분노는, 이제 누구도 막지 못할 정도로 거대해졌다.

제18장

이화매의 인재 영입 방식

"으아! 으아악!"

방원은 이젠 거의 미쳐서 소리만 지르고 있었다. 두 눈에는 광기가 가득 들어차 있었다. 그 광기는 타인에게 쏟아지지 않고, 오직 자신의 죽음을 부르짖고 있었다.

"싫어! 저리 치워!"

"방원, 아깝잖아. 일부러 저 아가씨가 공들여서 구워 주기까지 했는데."

조휘는 조잡한 나뭇가지 두 개로 집어 올린 살점을 다시 방원의 입으로 가져다 댔지만, 방원은 미친놈처럼 고개를 저어 댔다.

"치워! 이 악마 같은 놈아! 네, 네놈이 정녕 인간이냐!"

존댓말은 다시 어디론가 사라지고, 조휘에게 폭언을 쏟아붓지만 조휘는 끔쩍도 하지 않았다.

악마? 이미 마을 제대로 뒤집어쓴 조휘다. 일말의 망설임도 없이 방원, 적운양, 적무영 이 셋에게는 악마가 되겠다고 수천 번을 다짐했었다. 그 다짐은 지금 이 순간, 조휘의 정신을 굳건하게 지탱하고 있었다.

"안 먹으면 죽는다니까? 굶어 죽을 거야? 절대 그런 일은 안 벌어질 거라는 걸 알잖아. 웅?"

"치워라! 차라리 굶어 죽겠다!"

"안 된다니까. 다시 재우고 죽을 떠먹이면 넌 못 죽어. 적당히 소금 간을 한 죽 한 사발이면 인간은 절대 굶어 죽지 않아. 어떻게 아냐고? 내가 해봤거든."

"이, 이… 이 미친놈!"

"큭큭!"

조휘는 웃었다.

미친놈이라는 욕이 너무나 웃겼다.

"누가 날 미치게 만들었는데? 방원, 너잖아? 네놈이 나를 악마로 만들었어. 너는 내가 거기서 죽을 것 같았지? 하긴, 그 당시 뢰주 군영 타격대의 악명은 엄청 자자했다는 걸 나도 들어 알고는 있었지. 근데 어쩌나? 나는 악착같이 살아남았는데."

조휘의 조용하고 나직한 말에, 방원은 부들부들 떨기만 했다. 그런 방원의 모습에 조휘는 큭큭! 다시 한 번 웃어주었고.

"자, 먹어. 아니면 또 재운 다음 죽에 갈아 넣어 넘겨버릴 거야."

"시, 싫다! 치워! 저리 치우라고!"

"싫어? 끝까지 안 먹겠다 이거지. 음… 어쩔 수 없지. 길초근은 넉넉하니까, 저녁으로 먹자고 그럼."

조후는 젓가락으로 집고 있던 살점을 내려놨다. 그다음 일어나서 방원을 다시 한 번 바라봤다.

방원은 성혜가 오고 나서, 완전히 작살난 상태였다. 성혜는 지독했다. 조휘만큼이나 독한 마음을 품은 상태였고, 방원을 잘근잘근 씹어버렸다. 이건 말 그대로였다. 그러면서 했던 말을 조휘는 아직도 기억했다.

'야들야들한 게 맛있을 것 같다고 했었지.'

방원이 성혜에게 했던 성희롱이었다. 그리고 그걸로 끝나지 않고 홍루에 성혜를 판 다음, 뻔뻔하게도 그녀를 찾아가 약을 먹인 뒤 처녀지신을 빼앗았다. 더 악독한 건 길초산처럼 수면 성분이 있는 게 아닌, 마비산을 썼다고 한다. 정신을 잃은 상태가… 아니었단 소리다.

그녀는 온전한 정신 상태로 겁탈을 당했다. 그리고 다음 날 목을 맸지만 실패. 이러한 일을 겪은 성혜의 분노는… 조휘조차 놀랄 정도였다.

입가에서 피를 쭉쭉 흘리며, 희열과 울음이 공존하던 그녀의 얼굴은 조휘의 기억에도 강하게 각인됐다.

여인의 한.

조휘는 처음 봤지만 그런 말이 왜 만들어졌는지 단박에 이해했다. 십 년을 벼르고 벼른 조휘의 복수심과 비교해도 결코 뒤지지 않는 성혜의 복수심을 보면서 말이다.

"제발, 제발……."

"빌지 마. 너에게는 아직 묻고 싶은 것도 많고, 해주고 싶은 것도 매우 많이 남았으니까."

"이러지 말고… 응? 죽여주게, 그냥……."

"아, 진짜 안 죽인다니까."

조휘는 마른 헝겊으로 놈의 입을 다시 틀어막았다. 혹시라도 혀를 깨무는 일에 대비하기 위해서였다. 혀를 깨물어 자살하면, 그건 조휘를 아주 미치게 만들 것 같았다.

읍! 으읍! 다시금 발악하려는 놈을 내버려두고, 조휘는 밖으로 나갔다. 밖으로 나오자 동굴 입구 옆쪽에서 다리를 일자로 쭉 펴고 앉아 탕약을 끓이고 있는 성혜가 보였다. 펄럭, 펄럭 펄럭. 마른 잎이 붙은 나뭇가지를 묶어 열심히 불에 부채질을 하고 있는 그녀의 모습은, 지극정성이었다. 마치 나이 든 노모, 내가 사랑하는 낭군님의 탕약에 정성을 들이고 있는 모습 같지만, 실상을 알면 아마 기절할 것이다.

'모진 고문에도 죽지 못하게 하려고 끓이고 있는 약이지.'

미쳐도 단단히 미친 짓임이 분명하다. 물론 일반적인 윤리, 도덕관념으로 보자면 말이다.

조휘는 자신의 행동에 정당성 자체를 부여하지 않았다. 당했으니까, 철저하게 한 가정을 망가뜨린 놈들이니까, 똑같이 되갚아주는 것뿐이다.

이 부분에 대해서 조휘는 전혀 깊게 생각하지 않았다. 조휘의 기척을 느낀 성혜가 탕약에 시선을 고정한 채 아직 파리한 입술을 열었다.

"그놈은요?"

"여전히 죽여 달라더군요."

"…그래서 죽일 건가요?"

잠시 침묵했다 뒤늦게 나오는 말. 불안해하고 있다. 조휘가 여기서 복수를 마칠까 봐.

"설마요, 이제 시작입니다."

"후우… 다행이에요."

전심으로 안도의 한숨을 흘리는 성혜. 역시 성혜의 복수심은 아직도 해소되지 않았다. 정상이 아님은 확실하지만, 조휘는 신경 쓰지 않았다. 성혜에 비하면 자신이 훨씬 더하다는 걸 잘 알고 있기 때문이었다.

"마을에 갔다 올 생각입니다."

"…준비했던 게 부족한가요?"

"아니, 그건 아닙니다. 넉넉하게 준비했으니까. 하지만 소산

의 상황도 한번 볼 필요가 있고… 잘하면 그 새끼가 돌아왔
을 수도 있습니다."

"그 새끼라면……?"

"적운양."

"……."

부채질을 하던 성혜의 손길이 멈췄다. 하지만 잠시뿐이었
다. 다시금 손을 위아래로 흔들어 모닥불에 바람을 집어넣었
다. 이후 말이 이어졌다.

"아버지의 창고는 적가의 재산이 되었어요."

"……."

"그럼 이게 방원의 짓일까요, 적가의 가주가 시킨 일일까
요?"

"전자일 수도 있고, 후자일 수도 있고."

"전 후자라고 봐요. 적가의 그런 교묘한 술수는 사실 알 만
한 사람들은 다 아니까."

"적운양에게도 복수하고 싶습니까?"

"네."

성혜는 바로 확답을 줬다. 하지만 조휘는 성혜의 말을 들어
줄 생각이 없었다.

"방원만입니다. 제가 내건 조건은."

"알아요."

"욕심을 부릴 생각입니까?"

"……"

조휘의 조용한 말에, 성혜는 대답을 하지 않았다. 그저 묵묵히 부채질만 했다. 조휘는 답을 기다렸다.

성혜와 대화를 꽤나 많이 했다. 그녀의 습관 중 하나가, 절대로 타인의 말에 답하는 것을 거부하지 않는다는 것이다. 뜸을 들이더라도 반드시 대답은 해줬다. 그걸 아는 조휘는 그냥좀 더 기다렸다. 아니나 다를까, 성혜는 부채질을 멈추고는, 나뭇가지 묶음을 내려놓고 불편한 몸을 돌려 앉았다.

"욕심 부리지 않을 테니까, 지켜보게 해줘요. 적운양, 그자에게 당신이 할 복수를 지켜만 보게 해줘요."

"……"

조휘는 바로 대답할 수가 없었다. 그녀의 눈동자를 본 직후였기 때문이다.

성혜는 눈빛을 아주 잘 갈무리했다. 분노도 깊숙이 숨겨둘 정도였다. 조휘 정도 되는 감이 없으면, 혹은 알고 있지 못했다면 그 눈빛에 숨겨져 있는 분노를 읽어낼 수 없었을 것이다. 말투도 마찬가지였다.

자신의 감정을 숨기는 데 탁월한 재주가 있는 여인이 바로성혜다. 그런 그녀가 지금 감정을 아주 솔직하게 말투와 눈빛에 담아 놓았다. 이 정도면 거의 애원(哀怨)에 가까운 감정을 표현한 것이다.

'자격은 있지.'

아니, 차고 넘친다. 성혜가 적운양에게 복수할 자격, 지켜볼 자격도. 조휘는 성혜의 부탁을 받아들였다.

"알겠습니다."

"후우……"

안도의 한숨과 함께 성혜는 조휘에게 천천히 무릎을 꿇고, 감사의 예를 표했다. 과분했지만, 조휘는 그걸 말리지 않았다. 그녀 나름대로 감사를 표현하는 것일 테니까.

하지만 몸이 안 좋으니 어깨를 잡아 다시 자세를 바르게 해 주고는 동굴 옆 바다를 바라봤다.

'적운양, 돌아왔나……?'

이틀이나 지났으니까.

이제 와야지.

와서… 성인군자인 척해야지?

조휘는 풍신을 챙겨 들었다.

*   *   *

소산에 도착한 조휘.

마을은… 역시 생각했던 것처럼 처참했다. 진천뢰 종류의 포탄에 피격당했고, 몇백의 왜구가 소산 전체를 휩쓸었다. 그러니 멀쩡할 수가 없었다. 그날 당시에는 방원 때문에 해가 뜨기도 전에 동굴로 와서 소산의 상황은 알 수 없었다. 하지만 대충 예상은 했다. 진짜 쑥대밭이 되어 있을 거라고.

다음 날 찾아온 성혜에게도 소산의 상황을 전해 들었다. 예상은 맞았다. 소산은 그야말로 엉망이었다.

수천에 가까운 피해자가 생겼고, 사망한 이들은 세기도 힘들 것이다. 건물은 불에 타오르고, 재물은 약탈당하고, 사람은 납치당하고. 그러니 정상인 게 오히려 비정상이다.

방원을 끌고 나왔던 서문으로 들어선 조휘는, 정말 철저하게 신분을 검사받았다. 하지만 신분패와 군역 종료를 증명하는 패 두 개는 검사를 무사히 통과하게 하는 데 조금의 부족함도 없었다.

소산으로 들어온 조휘는 먼저 적가로 향했다. 멀쩡할까, 아니면 진천뢰가 적가의 장원에도 떨어졌을까?

어떤 상황이 되었든, 둘 다 조휘와는 상관이 없었다. 조휘에게 중요한 건 딱 적운양 하나였다. 방원의 말에 의하면, 적운양은 약탈 이후 적가의 재산을 풀어 소산의 재건에 전력을 다할 거라고 했다.

그렇게 해서 자신의 평판을 세탁해 오홍련의 의심에서 벗어나는 게 이번 일을 꾸민 이유라고 했다.

겨우 그것 때문이었다.

순간적으로 방원이 자신에게 했던 말이 떠올랐다.

악마라고?

'악마는 네놈들이지…… 도대체 누가 악마냐. 지들만 살려고 무고한 백성을 팔아넘긴 네놈들과 네놈들의 악행으로 박살 난 일가(一家)의 복수를 하고 있는 나. 둘 중 대체 누가 악마냐.'

이건 굳이 자기변명을 하지 않아도 쉽게 답이 나왔다. 그리고 덕분에 복수심이 더욱더 단단하게 굳어갔다. 이제는 무릎을 꿇고 진심으로, 정말 가슴에서 우러나온 진심으로 빌어도 살려줄 생각이 없었다.

적가의 장원이 저 멀리 보였다.

한쪽의 돌벽과 창고만 박살 나고 적가의 장원은 건재했다. 그런 적가의 장원을 확인한 조휘는 예전에 방원을 기다리며 갔었던 다관으로 들어갔다. 손님은 아무도 없었다. 적가가 훤히 들여다보이는 삼 층의 난간 쪽에 자리 잡은 조휘는, 조용히 적가의 내부를 살폈다. 적가 내부에서는 수십의 인물이 활발히 왔다 갔다 하고 있었다. 하는 일을 보니, 뭔가 물건을 옮기는 것 같았다.

'창고를 열었어? 하긴, 구휼도 계략 중 하나겠지.'

재난이 일어난 이후 가장 필요한 건 의식주(衣食住)의 해결이란 걸 조휘는 잘 알았다. 특히 그중 식(食), 식량은 더없이 중요했다. 한겨울이 아니라면 의와 주는 어떻게든 해결이 되겠지만, 식은 모든 계절에 필수적인 요소였다.

그러니 창고를 열어, 식량을 푸는 건 어쩌면 당연한 일이었다. 이 기회에 평판을 세탁하기로 했다면 말이다.

그렇게 조휘는 한참 동안 적가의 장원을 살폈다. 조휘가 찾는 건 딱 하나, 적운양이었다. 얼굴은 안다. 하지만 거리가 멀어 얼굴로 확인은 불가능하겠지만, 찾을 방법은 있다. 바로 옷이다. 그리고 움직임이다. 적운양 정도 되는 쓰레기 같은 놈이 발로 뛰진 않을 것이다. 분명 서서 명령을 내릴 것이다. 옷도 마찬가지.

'아니, 아닌가?'

어쩌면 평민처럼 옷을 입을 수도 있었다. 평판 세탁이니까, 남의 시선을 생각하면 충분히 가능성이 있었다. 하지만 전자는 변하지 않을 거라 생각했다. 조휘는 좀 더 집중해서 살폈다. 분명 구심점이 되는 놈이 있을 것이다.

'그놈, 그놈만 찾으면 된다.'

그 구심점만 찾으면 되는데, 그걸 방해하는 인물이 다관으로 들어섰다. 쿵쿵쿵! 계단을 부숴버릴 듯한 걸음으로 올라온 이는, 조휘에겐 뜻밖의 인물이었다.

"이 제독?"

"……."

이화매였다.

그녀는 바로 조휘를 확인하고 성큼성큼 걸어왔다. 그 기세에 조휘는 바로 풍신을 잡아갔다. 이런 기세? 이것도 예상 밖이었다. 적의는 아닌 것 같은데, 타인을 압도하고 찍어 누르는 기세였다.

조휘의 앞에 그녀가 앉고, 같이 올라온 왜의 무사, 이상하게 생긴 하얀 모자를 쓴 금발의 색목인 무사, 그리고 한복을 입은 귀여운 소녀가 그녀의 뒤로 섰다.

"......"

"......"

두 사람의 시선이 마주쳤고, 한 치의 물러섬도 없는 눈싸움을 시작했다. 왜 이러는지 알 수는 없지만, 지금 이 상황은 결코 정상이 아니었다. 자신을 끌어들이려는 사람이 지금 이렇게 와서 기세로 핍박을 한다? 비정상이다.

스르릅.

한참 눈싸움을 하다가 이화매가 혀로 입술을 핥았다. 삼 층 난간으로 불어온 바람에 살랑살랑 흔들리는 묘하게 붉은 단발. 차갑게 가라앉은 눈빛. 그것들이 합쳐진 뇌쇄적인 미(美)가 그녀의 얼굴로 떠올랐지만, 조휘는 그걸 경고로 받아들였다. 감이 좋은 조휘는 알 수 있었다. 이 여자, 지금 거대한 분노와 살심을 품고 있다고.

조휘가 그렇게 생각하자마자 이화매의 입이 열렸다.

"방원, 그 새끼 내놔."

조휘는 즉답했다.

"거절합니다."

이후, 조휘의 풍신(風神)이 그르릉, 소리를 내며 도집을 벗어나기 시작했다.

누굴 내놓으라고? 방원? 어림도 없는 일이었다. 말했었다, 당금 황제의 명령이 떨어져도 복수는 반드시 할 거라고.

그럼 이화매 제독이 하지 말라면?

역시나 답은 같았다.

"내놓으라고 했어, 진조휘."

"거절한다고 했습니다."

"후, 후후후!"

섬뜩한 웃음이 공간을 울리기 시작했다. 개인적인 무력에서는 조휘가 분명 그녀보다도 위인데도, 조휘는 등줄기를 타고 흐르는 식은땀이 느껴졌다. 하지만 공포로 인한 식은땀은 아니었다. 긴장, 단순한 긴장으로 인한 식은땀이었다. 그리고 그 긴장감으로 인해 조휘의 입가에도 슬며시 미소가 맺히기 시작했다.

"내가 지금 장난치는 걸로 보이나?"

"나는 장난치는 것 같습니까?"

말이 날아오면 조휘도 바로바로 받아쳤다. 기세 싸움? 그 상황은 대화의 시작부터 이미 넘어섰다.

그러면서도 속으로는 그녀가 왜 이러는지 생각하고 있었다. 하지만 굳이 생각할 게 있나? 답은 너무나 빨리 나왔다.

오홍련의 미친 정보력이 이번 왜구의 약탈에 방원, 그리고 적운양이 개입되어 있다는 걸 알아차린 것이다. 새삼 치가 떨리는 정보력이지만 조휘는 그걸 내색하지 않았다. 아니, 중요하게 생각하지 않았다.

방원은 중요하다.

세상 그 누구보다, 세상 그 어떤 물건보다,

훨씬 중요하다.

그래서 넘겨줄 수가 없었다. 자신의 들끓는 복수심을 만족시켜 줄 유일무이한 촉매였기 때문이다.

"마도."

"……"

조휘는 대답하지 않았다. 다만 그녀의 시선을 정면으로 마주봤다. 조휘는 자신이 감당하기 힘든 사람을 몇 번 만나보지 못했다. 연 백호장이나 정천호 등은 관직 때문에 불편할 뿐이지, 스스로 감당하지 못할 사람들은 아니었다. 하지만 이 여자는 달랐다. 정말로 감당하기 힘든 여자.

아니, 제독.

이화매는 조휘가 생각하는 가장 감당하기 힘든 인물이다. 하지만 그건 일반적인 상황일 때고, 지금은 전혀 상황이 달랐다.

방원을 달라고?

"나는 지금 그의 몸뚱이가 필요해. 내 분노를 잠재우려면 말이지."

"저 또한 마찬가지입니다만."

"나를 시험하지 마라."

"협박입니까?"

시험하지 말라고? 그건 마치 협박처럼 들려왔다. 무력을 쓸 생각이 있어 보인 것이다. 하지만 괜히 조휘가 마도라 불리는 게 아니다. 무력도 무력이지만, 특별한 상황에서 나오는 성격은 확실히 일반적인 무인들과는 달랐다. 드르륵, 조휘는 의자를 조금 더 뒤로 끌어냈다. 그러자 공간이 생기고, 머리는 벌써 이화매와의 간격을 재기 시작했다.

"짜증 나는군."

"……."

조휘의 말에 이번엔 이화매가 침묵했다. 그리고 여전히 입가에 걸린 미소를 지우지 않은 채 조휘를 마주봤다.

"십 년을 기다리고 기다렸는데, 내놓으라고? 항주에서도 분명 얘기했다. 방해하지 말라고."

"상황이 변했지. 그 개새끼가 한 짓을 너도 알고 있을 텐데?"

"알지. 내가 몸을 갈가리 찢어가면서 불게 만들었으니까."

"그럼 내놔."

"후, 후후후."

이번엔 조휘의 입가에서 웃음이 흘러나왔다. 말이 안 통한다. 이해? 못 한다. 그녀의 입장 따위는 현재 중요한 게 아니었다. 지금 당장 중요한 건 자신이지, 이화매가 절대 아니란 소리다.

"해보자는 거지."

"얼마든지. 나는 내가 죽이고 싶은 놈이 다른 놈의 손에 죽는 건 절대 용납할 수 없다."

"……."

조휘는 듣는 순간 그녀의 말이 진심임을 알 수 있었다. 그녀는 진심으로 방원을 원했다. 연모의 감정? 그것과는 완전히 다른 이유로 원하고 있었다. 동족을 팔아넘긴 민족 반역자를 찢어 죽이고 싶어 신병을 요구하고 있었다. 하지만 조휘는 이 또한, 이해해 줄 생각이 없었다.

"뒤에 있는 셋을 믿고 이렇게 개지랄하는 건가?"

드디어 조휘의 입에서 거친 욕설이 섞인 말이 나오기 시작했다. 잡아두고 있던 '마'가 통제를 벗어나 조휘를 물들여가기 시작했다. 그러니 자연히 기세도 변하고, 눈빛, 표정 자체가 전부 변했다.

마도, 마도 진조휘가 나왔다.

그런 조휘의 변화에 이화매는 물론, 그녀의 뒤에 있던 셋도 바로 반응했다. 왜의 무사는 풍신과 비슷하지만 조금 더 긴 도를 조휘처럼 조금 뽑아냈고, 금발의 색목인 무사는 새하얗고, 얇은 검신이 돋보이는 검을 조휘에게 겨눴다. 둘 다 느껴지는 기세가 장난이 아니었다. 최소에 최소로 잡아도 청각무사 정도였다. 적각 따위는 바로 난도질을 쳐버리고도 남을 기세가 둘에게서 느껴졌다.

'근데……'

재미있는 건 그 옆에 있는 소녀였다. 처음 보는 복장을 한 소녀는 생긋생긋 웃는 낯으로 목도를 조휘에게 겨누고 있었다. 아주 조금의 긴장감도 느껴지지 않는 얼굴. 머리에 두른 띠에 태극을 본뜬 문양이 그려져 있는데, 색상은 적과 흑으로 나누어져 있었다.

"이게 마도의 모습인가?"

이화매는 그리 말하더니 상체를 오히려 조휘 쪽으로 숙였다. 두 눈동자에 깃든 감정은 호기심과 이곳에 올 때부터 가지고 있던 지독한 욕구다. 그 욕구는 방원의 목숨으로 이어져 있다.

"나를 조사했으니, 잘 알 텐데?"

"알지. 왜 진조휘라는 타격대 병사가 마도라는 별호를 가지게 되었는지."

"알면서도 이런다. 큭!"

조휘의 억눌린 입에서 신음에 가까운 탄성이 흘러나왔다. 조휘는 사실 평상심을 끝가지 유지하기 힘든 상태였다. 이미 방원을 잡고, 작업하면서 '마'를 풀어버렸다. 그것도 아주 제대로. 그 순간만큼 인간이길 포기했던 것이다. 그랬던 정신이 소산에 왔다고 바로 치유되어 원 상태로 돌아갈 수는 없었다.

서문영도 몇 날 며칠을 고생했던 게 바로 '마도'다. 한 번 젖어들기 시작하면 상황이 끝나고 나서도 꽤나 고생했다.

하지만 그래도 통제는 가능하다. 숨을 죽이는 것처럼 스스로를 통제해 정상적인 생활이 가능할 정도는 유지할 수 있었다. 그런데 이화매가 그런 조휘의 통제력을 깨뜨려버렸다. 방원을 내놓으라는 말을 시작으로.

"뢰주 군영 타격대의 마도 진조휘……. 매력 있어. 좋아. 굉장히 매력 있어서, 지금도 내 사람으로 만들고 싶은 마음이 간절해……."

살살 흘리는 미소와 함께 나온 이화매의 말은, 그녀 또한 정상은 아니라는 것을 강조하고 있었다.

"전쟁은 어차피 사람이 하는 일이야. 전투도 마찬가지지. 이런 전투를 수행하는, 수행시키는 이들은 미친놈들일 수밖에 없어. 어디 하나 망가진 놈들이 살아남는 거야. 너도 알고, 나도 알고. 안 그래, 마도?"

"뭘 말하고 싶은 거지?"

"미친 연놈이 한 놈을 원하는 거 아니야. 마도의 복수야 알지. 그런데 지금 내 상태가… 좀 그래. 미치겠거든?"

조휘는 직감했다.

아니, 원래 알고는 있었는데 처음 본다. 오홍련의 총 제독이 가진 광기(狂氣)를. 하긴, 왜구가 가장 싫어하는 인물이다. 자비심 따위는 정말 쌀 한 톨만큼도 가지고 있지 않은 여인.

"아무리 마도라도 이번엔 양보하지 못하겠어……. 그러니 내놔. 그 새끼는 내 손으로 찢어 죽이고 싶으니까."

"이 제독."

"왜."

"내가 타격대에서부터 하루에도 수십 번 다짐한 게 있거든? 그게 뭔 줄 아나?"

"그것까지야 나도 모르지."

이제는 나른해 보이기까지 하는 이화매의 뇌쇄적인 마력에도, 조휘는 아랑곳하지 않았다. 둘 다 똑같은 상태였기 때문이다. 그래서 조휘도 그녀와 궤가 비슷한 미소를 지으며 뒷말을 이었다.

"내 복수를 방해하는 것들은 필요하다면 전부 죽여 버리겠다고."

"아아, 그래?"

"그래. 그 대상이 설령 황제라 할지라도."

"후후! 후후후후!"

그녀가 웃자, 조휘도 마주 웃었다. 귀신 저리 가라 할 정도의 두 사람의 미소는 서로 합쳐져, 공간을 아주 시원하게 만들어버렸다.

"근데 당신이라고 다를까?"

"나를 죽이시겠다? 후후, 이 천하의 이화매를?"

"못 할 것 같나?"

"해봐. 그대가 내 목을 베는 게 빠를지, 내 뒤에 있는 친구들이 그대의 목을 따는 게 빠를지 시험해 보고 싶어?"

"내 도가 당신의 목을 긁는 게 빠를지, 당신이 몸을 빼는 게 빠를지 시험해 보고 싶어?"

한 치의 양보도 없는 대화. 두 사람은 서로의 목을 따겠다는 말을 서슴없이 했다. 마도, 그리고 왜구들이 마도보다 무서워하는 이화매.

확실히 둘 다 정상은 아니었다.

방원, 그 찢어 죽여도 시원찮을 놈 하나를 두고 나누는 대화로는 지나치게 살벌했다. 하지만 둘 다 이런 쪽으로는 이미 미쳐 있다 말해도 좋았다. 일촉즉발의 분위기는 여전히 풀리지 않고 있었다.

팽팽한 끈?

지독히 가는 실이다.

손만 톡 대도 끊어질 실. 진짜 누구 하나 먼저 움찔! 하는 순간 서로의 무기가, 서로를 향해 빛살처럼 날아들 상태였다. 단순히 겁만 주기 위해서 그런 거라 생각할 수도 있지만, 아니었다.

이들은 이런 걸로 장난을 칠 사람이 아니었다.

"언니."

그때 불쑥 치고 들어오는 목소리. 언니, 하고 불렀을 뿐인데도 통통 뛰는 매력이 느껴졌다. 이화매의 뒤에 서 있는 이들

중 유일한 여인이자, 소녀. 한복을 곱게 입은 그녀가 여전히 생글거리는 낯으로 끼어든 것이다.

"왜?"

"언제까지 이러고 있을 거야? 나, 팔 아파……."

"조금만 참아. 곧 있으면 끝날 거야. 내가 죽든, 마도가 죽든. 둘 중 하나로."

"언니가 살걸?"

"이화가 지켜줄 거야?"

"그럼!"

씩씩하게 나온 그 대답은 분위기 자체를 살짝 물렁하게 만들었다. 하지만 조휘는 여전히 집중하고 있었다. 적은 셋, 아니 넷이다. 조휘가 알기로는 이화매 제독은 자체적인 무력도 만만치 않다고 했다. 소문 중 하나가, 적각무사도 좀 밀리긴 하지만 혼자 상대는 가능할 정도라고 했다.

그러니 전체적인 상황을 따져본다면 결코 조휘에게 유리한 상황이 아니었다. 그리고 사실 조휘도 그건 안다. 그런데도 왜 이렇게 대치를 하느냐. 안 그러면 뺏기기 때문이다. 이 여자는 농담으로 하는 소리가 아니다. 이화매는 진짜 방원을 뺏을 생각이었다. 확신을 가지고 온 건 조휘가 방원을 납치했다는 걸 이미 알고 있다는 뜻이다. 어떻게 알았느냐는 중요하지 않다. '알았다는 것' 자체가 중요하지.

이건 기세 싸움이다. 압박 싸움이다.

서로가 서로를 황소처럼 밀어붙여 원하는 것을 쟁취하는 싸움이다. 조휘가 이 정도도 모를 미친놈이 아니었다. 물론 풀어 놓은 '마'는 진짜다. 이렇게 하지 않으면 이화매를 감당하기 힘들기 때문이었다.

목을 친다?

이것도 진짜였다.

조금이라도 허튼수작을 부릴 시, 풍신으로 이화매의 목을 긁어버릴 생각이었다. 그렇지 않으면 자신의 목이 날아갈 테니까.

이건 장난이 아니었다.

진짜 미친 연놈들끼리 제대로 부딪친 상황이다.

"마도 진조휘."

"……"

"마지막 경고야. 칼 버리고, 방원 그 개새끼 내놔."

"큭, 크흐흐!"

이화매의 경고를 넘어선 협박이 조휘에게서 다시 실소를 이끌어냈다. 입가가 한쪽만 말려 올라가며 섬뜩한 미소를 그려냈다.

"지랄 떨지 말고, 꺼져."

"마지막 경고라고 했는데, 아쉽군."

후우.

그렇게 답한 이화매가 의자의 등받이에 푹 기대고는, 마도에 대한 감정을 털어낸 얼굴로 중얼거렸다.

"아쉽지만 어쩔 수 없지. 유키."

"하."

"죽여."

촤아아악!

빛살이 공간을 가르고,

그아아앙!

풍신 또한 공간을 갈랐다.

깡!

시퍼런 빛을 머금은 궤적끼리 부딪치며 섬뜩한 소음과 공기의 진동을 만들어냈다.

"큭!"

신음은 조휘의 입에서 흘러나왔다. 실력의 우의를 점하지 못한 상대와의 발도 대결. 한 사람은 서 있고, 한 사람은 앉아 있는 상태. 누가 이길지는 너무나 명확했다. 조휘는 튕겨 나가는 육체를 제동을 걸어 바로잡고, 풍신을 다시 도집에 삼분지 이를 집어넣은 후 왜의 무사에게 고정했다.

아귀가 저릿저릿했다. 조금만 늦게 반응했어도 쫙 찢어졌을 것이다. 아니, 목이 날아갔으려나?

"역시 마도. 유키의 일도를 이 정도로 막은 자는 손가락으로 꼽을 정도인데."

이화매가 여전히 나른한 자세와 미소로 조휘를 자극했다.

조휘는 대답 대신 우둑, 우둑! 목과 관절을 풀었다. 전투 준비다. 다행히 유키라고 불린 왜의 무사는 바로 연격을 뿌려 오진 않았다. 그저 단단한 얼굴로 다시금 조휘에게 도를 겨누고 있을 뿐이었다.

'유키히사…….'

조휘도 아는 사람이다. 아니, 알기보다는 소문을 들었다. 그에 대한 소문은 군문뿐만 아니라 민간에도 퍼져 있었다.

'오홍련 전체로 따져도 다섯 손가락 안에 드는 무사.'

대단한 무사다, 그는. 농담이 아니라 그의 무력은 웬만한 적각무사 정도는 가볍게 상대할 정도였다.

가벼운 발도가 조휘의 아귀를 저릿저릿하게 만들 정도다. 물론 받은 자세가 좋지는 않았지만 전력으로 받았어도 겨우 밀리지 않을 정도였을 것이다. 무력 차이는… 아주 확실하게 난다.

하지만 여기서 물러설 수는 없었다.

복수를 방해하는 자, 황제라도 목을 따겠다고 했으니까.

"우와, 유키 오라버니의 도를 막았어?"

한복을 입고 있던 소녀가 눈을 동그랗게 뜨고 호들갑을 떨었다. 그 이후에도 처음 봤어요, 언니! 언니! 이 사람 누구야? 라고 떠들면서 분위기를 살짝 풀어놨지만 조휘도, 이화매도 여기서 멈출 생각이 없었다.

"한 번 막았다고 기고만장하는 건 아니지? 유키의 이격은 무섭다."

"닥치고 와라. 내가 조용히 있었더니 병신으로 보였어? 내게 검을 들이민 죄, 아주 커. 나는 나를 해하려고 하는 이에겐 철저하게 응징하니까."

"그렇지. 그러니 마도라고 불렸던 거지. 너의 확실한 성격은 나도 좋아해. 하지만 꺾어야 할 때도 있는 거야. 설마 모르나? 백경이 그 정도도 안 가르쳤나?"

"배웠지. 하지만 양보 못 하는 것도 있어. 그리고 거기에 목숨을 거는 경우도 있고. 방원을 달라고? 당신의 분노를 풀기 위해서? 겨우 요번에 받은 분노를 풀기 위해서. 야, 나는 십 년이야. 그 거지 같은 곳에서 오늘만을 기다린 게. 근데 달라고? 왜, 내 목숨을 내놓으라고 하지?"

으르렁거리는 조휘의 말에 이화매를 뺀 나머지 셋이 인상을 살짝 찌푸렸다. 전부 명의 인물은 아니지만, 오홍련에 오래 몸담고 있었기 때문에 명의 말은 전부 알아듣고, 할 줄도 알았다.

"제독."

"왜."

"더 합니까?"

"해."

"음……."

왜의 무사, 유키가 다시 앞으로 나섰다. 탁자를 빙 돌아 조휘의 앞에 선 그가 다시 도를 조휘에게 겨눴다. 조휘도 눈을 빛냈다. 아니, 가늘게 좁혔다. 가늘게 좁혀진 눈매 사이의 눈동자는 시리게 빛나기 시작했다. 동시에 입가에 슬며시 미소가 떠올랐다. 그와 동시에 슬금슬금 퍼지기 시작하는 조휘의 살기에 유키가 눈매를 굳혔다가 바로 도를 뿌렸다.

쉭!

자세를 제대로 잡지도 않았는데 빛살처럼 조휘의 목으로 날아오는 일격. 깡! 풍신으로 막은 후 힘으로 밀어냈다. 그러자 유키는 그 힘에 저항하지 않고 가볍게 도를 회수했다. 탁! 도가 나가는 순간 조휘의 발이 한 발자국 나가면서 자세가 쭉 낮아졌다. 이후 유려한 궤적을 그리는 풍신.

깡!

그러나 그 공격을 유키는 서 있는 상태 그대로, 게다가 한 손으로 막았다. 이후 똑같이 힘을 줘서 풍신을 밀어냈고, 조휘도 그 힘에 대항하지 않고 몸을 뺐다. 탁, 타닥. 두세 걸음 물러난 후 자세를 정리하는 조휘. 표정의 변화는 없지만 등에는 식은땀이 흐르기 시작했다. 적각무사? 상대가 안 된다. 그들도 강하다. 풀풀 살기를 풍기기 때문에 상대하기 시작하면 온몸이 긴장으로 가득 찼다. 하지만 그래도 두려울 정도는 아니었다. 하나라면 어떤 상황이라도 몸을 뺄 수 있으니까.

하지만 이자는?

'과연…….'

유키히사 겐죠 시라키.

오홍련이 자랑하는 무사 중 일인이다.

전신에서 느껴지는 여유가 조휘를 압박하고 있었다. 하지만 조휘는 이런 경험이 아주 많았다. 적각무사 둘과 맞붙어서 살아 도망쳤었다. 눈동자만 슬쩍 움직여 봐뒀던 퇴각로를 살폈다.

피식.

그 순간, 이화매의 입술이 열리며 조롱에 가까운 웃음이 흘러나왔다.

"도망가려고? 갈 거면 방원은 내놓고 가야지. 이안, 이화, 도주로 차단해."

나직하게 나온 이화매의 말에 여성처럼 유려한 외모를 가진 검객과 소녀가 계단, 그리고 창가 쪽을 틀어막았다. 눈동자가 얼마 돌아가지도 않았는데도 딱 알아차리는 걸 보니 이화매의 눈치는 단연 발군이다.

그리고 이런 상황이, 그나마 남아 있던 이성을 훅 날려버렸다. 이성이 날아감과 동시에 큭! 큭큭큭! 조휘에게서 억눌린 웃음이 흘러나왔다.

"끝장을 보자는 거지……."

안 그래도 번들거렸던 조휘의 눈에서 이성이 사라지고, 넘치는 마(魔)만 남았다. 이제는 모조리 적이다.

다 죽여야 할 적으로 인식하고, 상대한다. 이 일로 오홍련과는 완전히 적으로 갈리게 될 것이다. 하지만 상관없었다. 지금 조휘에게 중요한 건 복수지, 다른 게 아니었다. 넘실거리는 살기를 뿜어내면서도, 조휘는 본능적으로 퇴각로를 다시 살폈다. 이성이 날아갔으면 불가능한 일이지만, 본능적인 이성이라고 해야 할까? 이게 수많은 전장에서 조휘의 목숨을 살려준 특기였다.

생존에 대한 집착이 만들어낸 특기, 그건 지금 이 순간에도 빛을 발하고 있었다. 하지만… 상대는 이화매다.

조휘만큼이나 산전수전을 모두 겪은 제독. 조휘의 생각은 이번에도 단박에 까발려졌다.

"도망은 포기하라고 했어. 유키, 뭐 해? 죽이든가, 아니면 내 앞에 꿇려."

"하."

뭔가 마음에 들지 않는다는 표정이지만, 명령은 충실하게 이행할 생각인지 조휘에게 한 걸음 다가서는 유키. 그의 한 걸음은 요상했다. 조휘가 그 소리를 듣고 바로 그에게 시선을 주었음에도 제대로 보질 못했다. 상체가 잠깐 흔들린 건 보았는데 어느새 간격이 좁혀져 있었다. 그에 본능적인 위기감을 느낀 조휘가 한 발자국 뒤로 물러났다. 적의 기예를 파악지도 못하고 맞상대하는 건 불길에 뛰어드는 부나방과 다를 게 하나도 없었다. 본능은 여전히 살기 위해 조휘를 자극했고, 육체는 그 자극에 착실히 반응했다.

촤악!

어깨에서 급격히 안쪽으로 휘어지는 일격. 손목이 유연하지 않으면 도리어 자신의 손목이 빡! 날아갈 공격이지만 유키의 표정은 평온했다. 뭔가 느낌이 이상해 상체를 뒤로 당겨 일격을 피해내는 조휘.

사각.

하지만 앞섶이 쭉 갈라졌다.

"......"

그에 다시 뒤로 물러나며 자신의 앞섶을 내려다보는 조휘. 피했다. 분명 피했는데 갈렸다. 조휘가 보지 못한 뭔가가 더 있었다.

'기?'

그럴 수도 있었다.

무(武)의 상실의 시대 이후, 기라는 것은 정말 극소수만 남았다. 그나마 남아 있는 것도 상실의 시대 이전에는 삼류 이하로 취급받던 쓰레기였다. 그러던 것들만 겨우 이어졌는데, 이 시대에서는 그게 최고(最高) 심법이 되었다.

전 강호를 통틀어 이런 심법을 보유한 문파는 겨우 열다섯에서 스물 정도로 추정된다. 그렇다면 왜(倭)는? 아마 비슷비슷할 것이다.

조휘는 섬뜩함을 느꼈다.

만약 유키라는 인물이 내공을 익혔다면? 이건 하나 마나

한 싸움이다. 콩알만 한 내단을 형성해도 현재 조휘가 감당하기에는 너무 힘들었다. 근력에 불어넣어 반응 불가의 속도를 만들어내기도 하며, 검이나 도에 미약하게 실으면 웬만한 병기는 그대로 박살 내버리는 게 내력이라는 절대적인 힘이다.

쉭!

다시금 옆구리를 향해 유키의 도가 들어왔다. 이전보다 좀더 빠른 속도, 조휘는 본능적으로 허리를 비틀었다. 간격은 딱 맞다. 아무런 상해 없이 회전이 이루어져야 하는데… 사각, 또다시 의복이 갈라졌다.

"호오."

조휘가 피하는 모습을 보며 이화매가 나지막한 탄성을 흘렸지만 조휘의 귀에는 들어오지 않았다.

"유키의 요도(妖刀)를 피하다니, 역시 제법이야."

후후후.

이화매의 말과 웃음이 극도로 거슬렸다. 그때, 쿵쿵쿵! 소리가 계단을 통해 울렸다.

"어? 양 부관이다!"

"음?"

이화의 목소리에 이화매의 고개가 계단으로 향했다. 급히 올라온 이는 양희은. 그는 바로 이화매의 곁으로 갔다. 물론 가기 전에 한번 슥 훑어봄으로써 상황을 살피는 건 잊지 않았다.

귀에 대고 올라온 이유를 전하려고 하자,

"그냥 해."

이화매는 그대로 전하라는 말을 했다.

"네. 적운양을 찾았습니다."

"찾았어?"

"네, 현재 항주를 나와 소산으로 돌아오고 있다고 합니다. 오늘 아침에 출발했다고 하니 소산까지는 빠르면 해가 지기 전에 들어올 것 같습니다."

"그래, 그렇단 말이지…… 그 개새끼가 이제 소산으로 온다는 거지? 후, 후후후."

양희은의 보고를 받는 이화매의 시선은 여전히 조휘에게 향해 있었다. 이건 마치… 일부러 들려주는 것 같았다. 양희은의 등장과 적운양이라는 단어에 이성을 어느 정도 되찾은 조휘는 그 부분을 바로 깨달았다. 그리고 깨달음과 동시에 의문이 생겼다.

'왜?'

왜 저걸 들려주는 거지? 방원도 내놓으라고 협박하던 이화매가 왜 적운양의 위치 정보를 흘리는 거지? 이 부분이 의문이었다. 조휘는 갑자기 이상하게 돌아가는 상황을 이해하지 못했지만 이화매는 여전히 웃고 있었다.

"자, 마도, 앉지?"

"……"

조휘가 대답을 안 하자 손짓까지 해가며 자리를 권하는 이화매. 조휘는 여전히 움직이지 않았다. 칼부림을 한 지 얼마나 지났다고 저 자리에 앉겠나. 잘못하면 유키라는 왜의 무사에게 목이 날아갈지도 모르는데.

　여전히 제자리를 고수하자, 이화매는 서늘한 미소와 함께 조용히 입을 열었다.

　"이제 시작하자고."

　"무슨 시작?"

　"거래."

　"…거래?"

　후후후.

　웃음 뒤 이화매가 의자에 등을 기대고는 다시 입을 열었다.

　"그래, 거래. 적운양과 방원을 두고… 말이야."

　"……."

　그에 무슨 거래인지 이해를 한 조휘. 하지만 거래라니, 말도 안 되는 개소리 지껄이지 말라고 대답하려는 찰나, 그보다 이화매의 입이 먼저 열렸다.

　"적운양이 여기까지 무사히 도착할 것 같나?"

　"……."

　"이 정도면 알겠지? 위치도 알고 있는 내가… 가만히 둘 것 같나? 당연히 딴 데로 빠지기 전에 잡아채겠지. 말했지만 내가 좀 힘들거든. 그놈은 절대 못 도망가. 반드시 내 손에 잡힐 거야."

"……."

"자, 그럼 여기서 문제를 하나 내지. 그대가 지금 적운양을 잡으러 가는 게 빠를까, 아니면 내가 명 기병대를 시켜 잡아오는 게 빠를까? 답은 금방 나오지? 네가 말보다 빨리 뛰지 못하는 이상, 분명 내가 먼저 잡아."

"처음부터… 이걸 노렸나?"

"후후후, 일단 앉지? 빨리 거래를 시작해 보자고. 나도 지금 몸이 근질근질해서 미치겠거든."

"……."

으득!

풍신을 쥐지 않은 오른손이 꾹 말리면서 분노를 표현해냈다. 완벽하게 당했다. 모든 건 처음부터 이화매가 원하던 대로 흘러갔다.

조휘가 천천히 다가와 자리에 앉자, 이화매가 바로 본론을 꺼냈다.

"방원 가질래, 아니면 적운양 가질래?"

"……."

"마도, 나도 하나 양보할 테니까, 너도 욕심 부리지 말고 둘 중 한 놈만 선택해."

"……."

이렇게… 나오는 건가?

조휘는 심계(心計)에서 완벽하게 패배했다.

이야… 감탄이 나올 정도의 연기와 정보력이다. 이미 적운양을 찾게 해놓고, 그걸 이용해 조휘를 압박한다. 어차피 조휘가 포기하지 않을 거라는 걸 이화매는 알고 있었다. 그의 성격상 포기는, 차라리 제 목숨을 끊는 짓이나 마찬가지였기 때문이다. 그래서 이화매는 생각을 좀 해야 했다. 그러다 그 생각 중에 자신도 하나를 포기했다.

둘 다 얻고자 하면? 좀 전처럼 바로 싸움이 난다. 마도는 절대 포기하지 않기 때문이다. 그래서 연기를 했다.

둘 다 내놓으라고.

그리고 협상, 혹은 거래를 벌일 생각이었다. 한 놈은 내가 가질 테니, 넌 이미 잡은 그놈으로 만족하라고. 물론, 이것조차 포석이다. 진정으로 원하는 것을 얻기 위한 포석. 마도는 걸렸고, 이제 빠져나갈 곳은 바늘구멍보다도 좁아졌다.

사실 이화매는 방원을 잡아간 걸 이미 알고 있었다. 사람을 보내 몰래 염탐을 시켰기 때문이다. 척후에는 일가견이 있는 잠이 직접 갔던지라 걸리지 않고 조휘가 그 동굴에 있는 걸 확인했다. 그리고 안에서 들려오는 아주 미세한 비명 소리도 확인했다. 그래서 이화매는, 조휘에게 방원만 선택하게 만들 심계를 짜냈다. 그게 바로 이 상황이었다. 그렇다면 적운양의 정보는 진짜인가?

진짜였다.

시기적절하게 지금 이 순간 양희은이 정보를 가지고 왔다. 이 부분만큼은 연기가 아니었다. 하지만 실제로 정보가 오지 않았다 하더라도 연기로 그 부분은 채울 자신이 있던 이화매다.

이 정도의 일은, 이미 교역과 바다 너머 각국의 대표들과 질리게 겪어왔던 이화매였다. 조휘 하나 속이는 건 일도 아니었단 소리다.

'아직 이런 쪽으로는 애송이지.'

조금만 더 생각하면 눈치챌 수 있는 부분도 있긴 했지만, 이화매는 그럴 가능성은 희박하리라 생각했다. 그리고 실제로도 그랬다.

마도는 머리를 깊이 쓰는 것보단 역시 전투다. 유키히사의 요도 '무라마사'를 대놓고 두 번이나 피한 무인은 같은 급인 이안과 알뿐이었다. 적각무사 정도만 되도 저 도에 무릎을 꿇었는데, 조휘는 그걸 본능적인 감각으로 두 번이나 피해냈다.

그래서 더 탐이 났다.

'한발 더 양보하지. 마도, 둘 다 내 손으로 죽이고 싶은 걸 참아주는 거야. 그러니 고집은 그만 부려.'

씨익.

말려 올라가는 입술과 딱딱하게 굳은 조휘의 얼굴을 직시하고 있는 이화매의 눈동자에는 살짝 희열이 머물러 있었다. 여러 감정이 섞인 희열이었다.

"양 부관."

"네."

"그 새끼 잡아서 제삼 은신처로 끌고 가."

"네!"

"손가락 하나 해치지 말고. 그놈은… 내 거니까."

"네, 알겠습니다."

대답과 함께 양희은이 다시 계단을 통해 사라졌다. 그 대화를 듣고 있는 조휘의 눈매는 더욱더 사나워졌다. 그걸 보는 이화매의 눈도 사나워졌다. 기백? 오홍련이라는 거대한 단체를 이끄는 이화매다. 제왕의 기질을 가진 이 여자가 기백으로 조휘에게 밀릴 이유는 하나도 없었다.

"아직도 더 답을 기다려야 하나?"

"내가 둘 다 포기 못 하겠다면?"

"둘 다 놓칠 수 있지. 방원을 어디다가 숨겼는지는 아직 모르지만, 영영 숨길 수 있을 것 같아? 오홍련의 정보력을 잘 알 텐데?"

"……."

이화매의 반격에 조휘는 역시 아무 말도 하지 못했다. 속으로 아마 천불이 끓고 있을 것이라는 건 이화매도 안다. 하지만 이렇게 해야 했다. 원하는 것을 이루기 위해서는. 그리고 방원, 이미 알고 있다. 그 장소는 애초에 이화매가 제공했으니까. 다만, 이룰 게 더 있기 때문에 모른 척해 줄 뿐이다.

그리고 조휘는 모르겠지만, 이것조차 포석이었다. 천하의 이화매가 마도 진조휘를 엮기 위한 포석. 그리고 그러면서도 이화매는, 반드시 하난 잡을 생각이었다.

'강량, 너는 내가 반드시 찢어 죽여주마.'

기동대에 명령을 내린 강량 도독첨사, 이놈만큼은 반드시 처단할 생각이었다. 그렇게 자신의 몫은 사실 강량 하나라고 이미 확정했다. 그놈을 생각하자 다시 열불이 훅 올라왔다. 그건 곧 이화매 본인의 기세를 완전히 뒤바꾸어버렸다.

그런 기세의 변화에 주변 이들은 바로 반응했다. 특히 조휘는 눈을 가늘게 좁히고 있었다. 작게 떠진 눈이지만 그 눈빛이 담고 있는 감정은 아주 확실하게 보였다. 굉장한 짜증, 분노, 불쾌감을 담고 있었다.

쯧, 속으로 혀를 차는 이화매다.

이걸로 마도에 대한 욕심은 어쩌면 접어야 할지도 몰랐다. 이렇게까지 몰아붙여버렸으니, 마음을 얻기는커녕 더 멀리 떠났을 가능성이 컸다. 하지만 그래도 마지막 패가 남아 있었다.

이 짓을 벌인 이유, 그것을 얻기 위한 마지막 수단이다. 그러나 하늘은 공평하다. 조휘뿐만이 아닌, 이화매에게도 원하는 대로 순순히 흘러가게 내버려둘 생각은 없어 보였다.

"그렇군. 나는 부처님 손바닥 위에서 놀아났나? 하, 하하하!"

느닷없는 말이지만, 이화매는 바로 알아차렸다.

조휘가 눈치챘다는 사실을.

*   *   *

"뭔가 너무 잘 풀린다고 생각했지……. 아, 필연인 줄 알았는데, 누군가가 손을 써놓은 필연이었군."

"이런."

안타깝다는 듯이 나온 이화매의 대답에 조휘는 확신했다.

이성이 돌아오고, 조휘가 가장 먼저 한 건 의심이었다.

지금 이 상황은 뭐지? 도대체 어떻게 운이 없어야 이따위로 돌아갈까? 이전까지는 그렇게 딱딱 들어맞았으면서? 지금은 왜? 하는 의문들이 머릿속을 채웠다. 그러다 어느 순간, 잠깐, 잠깐만……. 하고 예전 일까지 되새기게 됐다. 너무나 딱딱 준비되던 나날. 운이 좋았다고 생각했었던 준비 과정조차 의문이 생겼다.

'정말 그건 우연이었을까? 동굴을 찾은 것도, 한매, 그리고 성혜를 만난 것도. 그건 전부 운이 좋았던 건가?'

의심은 순식간에 뒤집혔다.

특히 좀 전에 이화매 제독이 오홍련의 정보력을 운운할 때, 더 거대한 의심이 찾아왔다. 오홍련의 정보력 정도 되면 조휘의 일거수일투족을 모조리 알아채고 있었다 해도 과언이 아닐 것이다.

'작전부? 그런 것도 있지.'

그렇다면 자신의 행동도 예측이 가능할 것이다. 이미 용강회의 일로 자신의 성향을 이미 들켰다. 그걸 토대로 충분히 자신이 어떤 식의 복수를 감행할 건지는 대략적으로 예측이 가능하다. 이 정도면 조휘도 알아차릴 수 있는 정도였다. 상식적으로 생각해 보자. 전쟁도 가늠해 내는 집단이 조휘의 행동을 예측하지 못할 리가 없었다.

'그 대화, 흘린 거야. 의도적으로……. 나에 대한 얘기를 사방에 알리기 위함이지. 마도는 자신의 것이라는, 공식적인 발표. 이후 내 복수에 도움을 주기 위해 동굴의 존재를 알려줬어. 맞아, 확실해. 그게 아니면…….'

말이 되질 않는다.

백 번 양보해서 우연이라 치자.

그럼 한매가 자신의 앞에서 적… 하면서 운을 뗄 일도 없었다. 자신과 얼마나 친하다고 그런 것들을 시시콜콜 얘기하겠나. 취했다고?

'조휘, 너도 감이 떨어졌구나.'

눈빛, 말투. 둘 다 봤었어야 했다. 볼이 조금 빨간 걸 보고 취기가 올라왔다고 생각했다. 그 정도는 연지를 엷게 바르면 충분히 만들어낼 수도 있는데 말이다. 그래서 실수로 내뱉은 말을 자신이 '우연히' 들었구나, 그렇게 생각했다. 왜 하필 성혜가 들어왔고, 다음으로 왜 한매가 들어왔는지에 대해서도 전혀 의심하지 못했다.

"내가 완벽한 복수를 위해 조력자를 찾을 거라는 것까지 예측해내고, 오홍련의 작전부는 대단하군."

"이야… 마도가 이 정도로 머리가 좋았나?"

"모든 게 의심스러웠을 뿐이다. 그렇게 정보력이 좋은 당신이 내가 방원을 잡아간 걸 몰랐을 리가 없잖아? 분명 나한테도 감시자를 붙여뒀을 거라는 예측을 해보면 말이야."

"감시를 안 붙였을 수도 있지."

"그럴 수도 있겠지. 하지만 그럴 리도 없지. 나를 그렇게 곁에 두고 싶어 하는 당신이 나를 그냥 풀어놓는다는 건 말이 안 돼. 인재에 대한 욕심이 탐욕… 에 가까운 이화매 제독, 당신이라면 말이야."

"이런, 졌군."

"연매, 한매, 이들도 당신네 사람인가?"

조휘의 물음에 이화매 제독이 고개를 절레절레 저었다.

"미치겠군. 비선이 둘이나 날아갔네."

"미치겠는 건 나야. 뭘 원하고 그렇게 한 거지?"

"마도의 복수가 빨리 끝나길 원해서지. 그래야 내가 다시 움직일 수 있으니까."

"제대로군, 아주 제대로야. 후, 후후후. 이화매 제독, 당신은… 진짜 무섭군."

"나도 마도, 너 때문에 지금 처음으로 소름 끼쳤어. 지금 내 행동과 별로 연관 지을 수 없었을 텐데, 어떻게 거기까지 추리해 냈는지. 그래서 더욱 가지고 싶어졌어."

"이렇게 해놓고 나를 원하는 건가? 뻔뻔한 건가, 아니면 생각이 없는 건가?"

"전자겠지? 좋아. 내가 마지막 조건을 얘기하지. 방원, 적운양, 두 놈 다 내놓지. 아까 양 부관이 내게 전한 정보는 진짜다. 그리고 실제 양 부관은 놈을 잡으러 갔고. 둘 다 포기할 테니까, 내 부탁 하나만 들어주지?"

"오홍련으로 들어오라는 얘기라면 사양이야."

"후후후."

조휘는 이쯤에서 한발 물러서기로 했다. 이미 알 건 다 알았고, 적운양과 방원, 둘 다 자신이 직접 복수할 수 있는 판은 마련이 됐다. 과하게 욕심을 부리다간 탈이 나기 마련이다. 원하는 걸 얻게 됐으니, 이제 자신도 양보해야 된다. 이건 협상의 기본이다.

그렇게 마음먹은 조휘의 귓가로 이화매의 직설적인 조건이 날아들었다.

"삼 년."

"음?"

"내가 원할 때부터 딱 삼 년, 삼 년만 내 밑에 있어."

"삼 년……."

인상이 찌푸려지는 조휘다. 길다. 어쨌든 이미 거하게 엮여 버렸기 때문에 이걸 푸는 일은 쉽지가 않다. 만약 여기서 조휘가 거절하면? 방원이고, 적운양이고 진짜 이화매가 전부 채갈 것이다.

이런 걸 바로 최후통첩이라 한다.

불행하게도 그녀에게는 그럴 능력이 충분히 있었다. 조휘는 소산에 들어서고, 이곳 다관에 올 때까지 멈춘 적이 없었다. 그런데 이화매는 조휘가 자리를 잡고 차가 나오기도 전에 찾아왔다. 이게 뜻하는 건? 조휘를 바로 알아차린 비선이 있고, 그 비선이 얻은 정보를 순속으로 이화매에게 전달할 능력이 있다는 소리다. 방원도 당연히 어디 있는지 알 것이다. 애초에 그 동굴에 대한 정보도 이화매 쪽에서 흘린 거니까. 지금 그녀의 말 한마디면 오홍련의 무사들이 우르르 달려가서 바로 방원을 잡아 다른 곳으로 옮길 것이다. 성혜가 지킨다? 그녀가 백번 죽었다 깨어나도 불가능할 것이다.

그렇게 귀찮게 되느니, 차라리…

"작전 두 번."

협상을 하는 게 좋다.

"두 번? 너무 짠 거 아닌가? 방원과 적운양의 가치가 마도에게 그것밖에 안 되나? 다섯 번으로 하지?"

"세 번."

"네 번."

"세 번."

"네 번."

"세 번."

"고집하고는 진짜. 좋아 세 번. 후후. 단, 각오해야 할 거야."

"약속은 지켜. 그리고 이제 내게 붙여둔 감시자는 떼지?"

"아, 그건 안 돼. 오히려 난 혹 하나를 더 붙일 생각인데?"

"⋯⋯."

이화매의 고개가 옆으로 돌아갔다. 그곳에는 소녀가 있었다. 이화라고 불린 소녀. 그 소녀는 신기한 눈으로 조휘를 보고 있다가 이화매와 눈이 마주치자, 바로 흠칫! 몸을 떨었다.

"어, 언니, 왜?"

"후후후, 오늘부터 붙어 다녀."

"아⋯ 내가 혹이야? 싫어!"

"완전히 같이 다니라는 소리는 아니고, 근처에 붙어 있으라고."

"우씨! 싫어!"

"명령이야. 강 도사님한테 서신 날리기 전에 말 듣는 게 좋을걸?"

"윽!"

강 도사라는 말에 몸을 경직시키고는 부르르 떠는데, 조휘는 그걸 지켜보고만 있을 생각이 없었다.

"붙이지 마. 애 볼 생각은 없으니까."

"후후, 저렇게 어려도 적각무사도 상대하는 아이야. 얕보지 않는 게 좋을걸?"

"그래도 필요 없어. 협상은 이걸로 끝. 적운양, 동굴로 보내."

"후후, 그러지. 잘 부탁해, 마도."

"……."

이화매가 일어나며 내민 손을 잠시 보던 조휘는 그냥 자리에서 일어나 그 장소를 떴다.

바로 다관을 나서 서문 쪽으로 걷기 시작하는 그의 표정은 딱딱하게 굳어 있었다.

제19장
진절머리가 난다

'빌어먹을⋯⋯.'

거하게 낚였다.

이화매의 심계는 확실히 깊었다. 괜히 오홍련이라는 거대 함대의 총 제독으로 있는 게 아니었다. 조휘가 아예 거절하기 힘든 방법을 가지고 와, 아주 제대로 써먹었다. 방원을 내놓으라는 협박, 이후 전투. 이 두 가지가 전부 진심이 물씬 묻어나는⋯

'연기인 것도 모르고⋯⋯. 아니, 연기가 아닌가? 이거 진짜 미치겠군.'

실제는 연기가 아니다. 이화매는 진심이었다. 방원, 적운양

두 놈 다 양보할 생각은 없었지만, 그래도 양보한 것이다. 진조휘라는 패를 얻기 위해. 이게 진짜 대단한 점이다.

조휘는 양 부관의 정보 전달, 이것도 참 대단하다고 생각했다. 일촉즉발의 순간에 맞춰 딱 들어와 적운양의 정보를 흘리며 협상의 장을 만들어 냈다. 그 전에 조휘가 알아차렸지만 이미 너무 늦었다.

'이 제독이 도와주지 않았다면 방원, 적운양 둘 다 빼앗겼겠지.'

도움이 없었다면 방원을 납치하는 데 더 시간이 소모됐을 것이다. 동굴, 성혜의 존재를 알려줬기에 빨리 잡아챌 수 있었다. 그런데 만약 늦었다면? 어쨌든 적가에 의한 약탈은 있어났을 것이다.

그렇게 되면?

조휘가 손을 쓰기도 전에 두 놈 다 이화매 제독이 잡아들였을 것이다. 그녀가, 왜구의 약탈에 적가가 연관되었는지 어떻게 알았냐는 중요하지 않았다. 알고 있다는 게 중요했지. 그렇다면 조휘는 둘 다 놓치게 된다.

협상?

할 상황 자체도 안 일어났을 것이다. 방원을 조휘가 잡아놨기에 이런 일이 일어났지, 못 잡아놨으면 이 제독의 분노를 온전히 두 사람이 받아내야 했을 것이다.

"진짜 대단하네."

나라보다 백성을 위한다는 기치(旗幟)를 내건 이화매 제독이다. 그건 오홍련의 창설 때부터 지금까지 변하지 않는 기치다. 이씨세가의 존재의 이유라고 해도 과언이 아니다. 그런 이화매 제독이 두 놈을 양보했다. 그녀의 연기처럼. 아니, 연기인지도 의심스러운 그 분노를 이겨내고 말이다.

마도 진조휘.

모든 건 자신을 얻기 위해.

이건 분노로 터지기 일보 직전인 심장을 냉철한 두뇌가 찍어 눌러 진정시켰단 소리였다. 조휘라면 그렇게 못했을 것이다.

방법은 상당히 고약했지만 이화매의 대단함이 더 크게 느껴졌다. 한 단체를 이끌어가기에는 정말 조금의 부족함도 없었다.

냉정한 심계는……. 정말 소름이 끼칠 정도였다. 마지막 순간에 겨우 눈치챘기에 망정이지, 못 챘다면 아마 질질 끌려다녔을 것이다. 진짜 그녀의 말대로 삼 년을 오홍련 소속으로 보낼 뻔했다.

'이 정도의 결과가 나온 것도 정말 천운이군.'

서문을 벗어난 조휘는 바로 동굴로 갔다. 유키라 불린 무사와 격돌이 있었기 때문에 등, 옆구리는 다시 터져 핏물이 배어 나오고 있었지만, 그 통증보다 무럭무럭 자라나는 두 새끼들에 대한 적의가 더 컸다.

해가 질 때쯤 동굴에 도착한 조휘는 바로 방원에게 갔다. 오셨어요? 성혜의 인사도 무시한 채 방원의 앞에 선 조휘는 놈의 입을 막고 있는 천을 끄집어냈다.

"캑캑!"

"방원."

"또, 또 무슨……. 으악!"

푹!

목소리가 들리자마자 폭발한 분노. 놈의 허벅지에 단도를 깊숙이 처박은 조휘는 놈의 귀에다 대고 속삭였다. 아니, 으르렁거렸다.

"도대체… 너희 개새끼들은 얼마나 나를 더 괴롭혀야… 속이 시원하냐?"

이 새끼들은 진짜 문제다.

방원, 적운양, 그리고 적무영.

복수를 하는 이 순간에도 자신의 운명을 마구 뒤틀어버리고 있었다. 원치 않는 방향으로 몰아가고 있었다.

쫘악.

머리채를 꽉 잡은 조휘는 목을 훅 뒤틀었다.

으득! 소리가 났지만 부러지지는 않았다.

"크악!"

"아프냐? 나는 너 때문에 더 아파……."

심장에 붙은 불같은 분노 때문에 말이다.

조휘는 놈의 머리를 놓고, 동굴 한쪽에 놓아둔 소도, 그리고 소금통을 들고 놈의 앞에 섰다.

"사, 살려……."

"언제는 죽여 달라며? 좋아, 지금 그 말은 들어준다. 살려줄게. 대신 그 마음… 제발 변치 마라."

바로 다시 죽여 달라는 말이 나올 테니까.

조휘는 놈의 입에 천을 물렸다.

그리고…

소도가 움직이기 시작했다.

*　　　　*　　　　*

밤에도 계속되는 소산의 복구 현장을 지휘하던 이화매는 수하에게서 양희은이 돌아왔다는 소리를 듣고 바로 마을 밖에 만들어둔 임시 주둔지로 갔다. 걸어가는 그녀의 몸에는 말로 형언하기 어려운 뭔가가 서려 있었다. 주둔지에 들어서자마자,

"적운양……!"

쩌렁!

거대한 분노의 외침을 토해낸 이화매는 적운양을 찾았다.

딱 찾기 쉬운 곳에 있었다. 양희은은 중앙 공터에 기둥을 박아 놓고, 그를 거기에 묶어 놨다. 앞에 있던 양희은이 이화

매가 오자 바로 다가와 군례를 올렸다. 하지만 그조차 무시한 이화매는 바로 적운양에게 다가갔다.

오십이 조금 넘은 놈이다.

그러나 얼마나 좋은 걸 처먹고 살았는지 옷은 아주 번쩍번쩍하고, 얼굴에는 아주 기름이 자르르 흘렀다.

멋들어지게 수염도 길렀다.

"이, 이 제독님……."

"그래, 나 이화매야, 이 개새끼야."

"대, 대체 왜 이러십니까……! 제가 무슨 잘못을! 컥!"

빡!

이화매의 주먹이 적운양의 턱을 그대로 돌려버렸다. 마음 같아서는 칼로 놈의 몸 전체를 후비고 싶었지만, 약속이 있어서 겨우 참고 있었다. 하지만 조휘에게 보내기 전에 분은 풀어야겠다고 생각했다.

"무슨 잘못? 이 더러운 새끼야, 내가 모를 줄 알아?"

"아, 아이고! 대, 대체 왜……! 악!"

송곳처럼 말아 쥔 주먹이 다시 적운양의 옆구리에 처박혔다. 숨이 막히는지 캑캑거리는 적운양의 머리채를 잡아채 뒤집어버리는 이화매. 두둑! 뼈가 비명을 지르는 소리가 들렸지만 이화매는 아랑곳하지 않았다.

이 정도로 사람은 안 돼지니까.

"왜, 내가 너 조사 좀 하니까 불안했어? 그래서 평판 세탁하

려고 이 개지랄을 떨었어? 동족을 팔아가면서까지 그렇게 살
아남고 싶었어?"

"그, 그게……."

"아가리 닥쳐!"

쩌렁!

주둔지를 울리는 목소리만큼이나 그녀의 분노는 컸다. 하지
만 그 분노를 억제하고 있었다. 마도 진조휘라는 인물의 도움
을 이끌어내기 위해서. 이게 그녀가 정말 대단한 이유였다.

"듣기만 해……. 제발 그 입 열지 말라고. 목소리만 들어도
미치겠어. 당장 목을 치고 싶어서."

"……."

적운양은 합죽이가 되어버렸다.

불길처럼 타는 그녀의 분노에 완전히 얼어붙어버렸다.

"나는 지금 매우 화가 나. 네가 천하의 쓰레기라는 건 이미
알고 있었어. 탈탈 털었다고, 이 개새끼야. 그런데 왜 바로 너
를 응징하지 않았을까? 응? 귀찮아서, 아니면 개과천선이 가
능할 것 같아서?"

"……."

"아니야… 아니라고."

"……."

"얻고 싶은 사람이 있는데… 그 사람이 너한테 복수심이 엄
청나서, 너 말고도 방원, 적무영! 니들 세 놈한테 복수심이 엄

청나서! 그래서 참은 거야. 그래서 참았다고. 어차피 니들은 그 사람한테 돼질 운명이었으니까."

"……"

놈은 무슨 말인지 몰라 눈만 데굴데굴 굴렸다.

큭큭!

이화매의 입술에 일그러진 웃음이 매달렸다.

"너무 많아서 누군지 감도 안 잡히지?"

"그, 그게……. 악!"

두둑!

"입 열지 말라고 했지……? 말하지 마. 한 번만 더 하면 협상이고 나발이고 바로 죽여 버릴 거니까."

"읍, 으읍……!"

머리채를 잡히고도 격하게 고개를 끄덕이는 적운양. 그런 놈의 모습에 이화매는 이를 악물었다. 죽이고 싶어 안달이 났는데, 그걸 참아야 하니 아주 미칠 지경이었기 때문이다. 하지만 그럼에도 그녀는 참았다.

모든 것은… 마도 진조회. 그 남자를 자신의 동료로 맞기 위해서다. 참아야 한다. 참아야 하느니라.

계속 머릿속에 새겨 넣었다.

"계속 들어. 어차피 그렇게 돼질 놈들, 일부러 손을 안 댔는데… 이딴 일을 벌였네? 내가 잠깐 참은 게, 이런 일을 일으켰어. 그게 미칠 것 같아. 근데 내가 널 못 죽여요. 아까 말한 것처럼 네 목을 조건으로 그의 협력을 받아냈거든. 그래서 내가 지금… 아주 환장하겠어. 어떻게 해야 되나? 이건 어떻게 해야… 잘했다고 소문이 날 것 같아? 응? 적운양……."

"……."

시퍼런 그녀의 눈동자와 살심 가득한 목소리에 적운양은 눈동자에 초점도 잡을 수 없을 정도로 공포에 빠져버렸다. 겨우 소산에서 왕 노릇 하던 놈이 명나라 바다의 수호신이라 불리는 이화매의 기세를 견디기에는 요원한 일이었다.

"이게 뭐 하는 짓이냐. 어차피 내가 죽이지도 못하는데. 그냥 가서… 죽도록 고문당하다가 뒈져. 그리고 지옥에 떨어져서 또 고문받고. 제발……."

이화매는 적운양의 머리채를 놓고 한 발 물러났다. 고개를 푹 숙인 채 바들바들 떨고 있는 놈의 얼굴을 그대로 걷어차고 싶은 욕망이 불쑥 머리를 들었지만, 참았다. 걷어차면 목뼈가 박살 날 테니까. 참는 게 힘들어서 몸을 부르르 떨고 있다 보니, 부관 양희은이 걱정스러운 얼굴로 곁으로 다가왔다.

"제독."

"아아, 괜찮아."

"네."

"저 새끼, 내일 바로 마도에게 보내."

"네."

거래는 거래, 약속은 확실히 지킨다. 자신의 천막으로 들어간 이화매는 자리에 앉아 관자놀이를 문질렀다. 숫구친 살심 때문에 골이 지끈거렸기 때문이다. 한참을 문질러 겨우 가라앉히고는 말문을 열었다.

"강량, 그 개새끼는?"

"착실히 모으고 있습니다. 지금 나온 것만으로도 목을 치고도 충분합니다만, 피해를 보상하기 위해서 전부 파헤칠 생각입니다."

이게 바로 오홍련이 존경받는 이유다. 보상이 아주 확실하다. 결코 자신의 배를 채우는 짓을 하지 않고, 피해를 파악해 그걸 원래 주인에게 돌려준다. 의협단도 이런 의협단이 없다. 양희은의 보고에 고개를 끄덕이는 이화매.

"그래, 잘 생각했어. 얼마나 걸려?"

"일주일만 주십시오."

"일주일……."

세상에서 가장 긴 일주일이 될 것 같았다. 이화매가 터지는 분노를 겨우 참을 수 있었던 것도 바로 강량 때문이었다. 놈에게 분노를 풀 수 있으니까. 그래서 적운양을 협상의 제물로 사용한 것이다.

강량이라는 존재가 없었다면 방원이나 적운양, 최소로 잡아도 둘 중 한 놈은 잡아다가 족쳤을 것이다.

"다 파악되면 바로 전하라고 해. 그놈은 내가 직접 간다."

"네."

"소산의 복구는 내일부터 양 부관이 맡아."

"네."

"후우……."

적당히 마무리가 되자, 한숨을 내쉬는 이화매. 그런 이화매에게 이번엔 양희은이 질문을 던졌다.

"마도와는 잘 해결됐습니까?"

"그럼, 적운양 저 새끼로 작전 세 번."

"음……."

"생각보다 눈치도 좋아. 터뜨릴 때 터뜨릴 줄도 알아. 상황 판단도 빠르고. 역시 내 눈은 틀리지 않았어. 저 새끼의 목으로 작전 세 번이면 비싸게 먹힌 거지."

"하지만 세 번이면……. 그 이후에는 다시 떠나지 않겠습니까?"

"적무영."

"아……."

"소우진… 그 개자식에게 몸을 의탁했다는 말은 아직 안 전했어. 이건 최후의 패라 아직 까기 그러네."

"하지만 그런 방식은……."

"알아, 내 방식이 아니라는 걸. 나도 속이 쓰려. 이런 치졸한 일을 해야 한다는 게. 하지만 그렇게 해서라도 곁에 두고 싶은 사내야. 아, 오해는 하지 마. 다른 감정이 있어서 그런 건 아니니까."

"허허, 제가 설마 의심하겠습니까. 제독이 그렇게 판단했으면 그런 거지요. 저는 제독의 판단을 온전히 믿습니다."

"믿어주니 고맙네. 이건 내가 알아서 할 테니까, 걱정 마."

"네, 그럼 저는 복구 현장에 나가보겠습니다."

"그래. 아, 맞다. 뢰주 상단의 그 누구였지?"

"서문영… 말씀이십니까?"

서문영.

왜 뢰주로 안 돌아가고 소산에 있는지는 모르겠지만, 그래도 열심히 피해 현장에서 뛰고 있던 그녀가 생각났다.

"그래, 필요한 게 있으면 지원해 주고."

"네, 조취하겠습니다."

"그럼 수고 좀 해줘. 난 좀 쉬어야겠으니까."

"네."

양희은이 군례를 올리고 막사를 나가자, 이화매는 일렁이는 초에 시선을 던졌다. 흔들, 흔들. 그 촛불 위로 떠오른 둥근 빛무리에, 낮에 만났던 진조휘의 살기 가득한 얼굴이 떠올랐다.

그러자,

씨익.

입꼬리가 저절로 말려 올라가는 걸 이화매는 자각하지 못했다.

＊　　　　　＊　　　　　＊

그 시각, 광동성 뢰주 군영.

늦은 밤인데도 타격대 본부의 백호장 막사에는 불이 켜져 있었다.

"두 사람, 전역 축하하네."

막사의 주인인 연 백호장의 넉넉한 웃음과 축하 인사에,

"으하하! 감사합니다!"

"빨리 손써 주신 백호장 덕분입니다. 감사합니다."

전역을 하는 두 사람이 서로 다른 방식으로 그 인사를 받았다. 한 사람은 부리부리한 눈빛에 떡 벌어진 어깨, 그리고 그만큼 시원시원한 미소를 입에 걸고 있었다. 다른 한 사람은 평범한 체구이긴 하지만 어깨가 딱 벌어져 있었다. 그리고 질끈 묶은 긴 머리에 조금 차가운 인상이었다. 볼을 가로지르는 검상이 인상적이고, 손에는 활 한 자루를 쥐고 있었다. 그런 두 사람에게 연 백호장이 다시 웃으며 말했다.

"하하, 어디 그게 내 덕인가. 자네들이 큰 공을 세웠으니 당연히 받아야 할 감형이지. 정말 축하하네. 진 조장도 받지 못한 일을 자네들이 해냈음이야."

"아이고, 아닙니다. 흐흐흐!"

"저도 장산과 동감입니다. 이번 일은 연 백호장께서 힘을 많이 써주신 걸로 알고 있습니다. 안 그러면 조장도 받지 못했

던 감형을 저희가 어찌 받았겠습니까."

"허허, 이 사람들 참. 아니라니까. 그래, 이제 전역하면 뭘 하고 살 생각인가?"

연 백호의 질문에 두 사람이 거의 동시에 흐흐, 후후, 하고 웃음을 흘렸다. 그러자 연 백호는 피식 웃었다.

왜 웃는지 그 의미가 너무 적나라했기 때문이다.

"진 조장에게 가려는가?"

"흐흐, 당연하고 말굽쇼. 요거 하나 던져주고 말도 안 하고 간 그놈의 조장을 그냥……."

"가서 이놈을 엉덩이에 콱 박아줘야 하지 않겠습니까?"

연 백호의 질문에 두 사람은 그렇게 대답하며 각각 허리춤에서 단도를 꺼내 들었다. 단도는 서로 상이하게 달랐다. 부리부리한 사내가 꺼내 든 단도는 끝이 완만히 휘어 있고, 칙칙한 검은색 도신을 자랑했다. 반대로 다른 사내의 도는 일자 형태의 도신에, 도면은 넓었고, 색상은 새하얀 게 인상적이었다.

그래, 이 두 사람이 바로.

마도 진조휘가 가장 든든하게 등을 맡겼던 장산, 그리고 위지룡이다. 최전선에서도 언제나 선봉에 서는 돌격조 장산, 후방에서 귀신같은 활 솜씨로 아군을 지키는 지원조 위지룡. 두 사람이 큰 공을 세우고, 지금 전역 신고를 하고 있는 것이다.

장산과 위지룡의 대답에 연 백호장은 또 한 번 피식 웃고는 품에서 패를 꺼냈다. 두 사람의 전역을 알리는 호패였다.

"자, 받게."

"흐흐, 감사합니다."

"감사합니다. 이걸로 드디어 전역이군요."

"진 십장처럼 바로 떠날 생각인가?"

그러자 또 흐흐, 후후, 하는 웃음으로 답하는 두 사람. 그에 연 백호는 미소 지었다. 연 백호가 힘을 쓴 이유는 하나였다. 조휘가 전역할 때 말했던 것처럼, 그는 평탄한 인생을 절대 못 살 것 같았다. 세상일은 모르는 거지만, 그래도 그런 사람은 특히 쉽지 않은 인생을 살기 마련이다.

그에 도움이 되라고 힘을 써, 아직 남아 있던 두 사람의 군역을 종료시켜 버린 것이다. 이걸로 집에서 한 소리 단단히 듣긴 했지만 자신의 선택을 후회하지 않았다.

'자네는 큰일을 해야 할 것 같으니 말이네.'

직감.

그렇게 설명할 수밖에 없지만, 자신의 감은 어째 빗나가지 않을 것 같았다.

"그럼 가보게나. 이렇게 잡아 두는 것도 실례겠어."

그 말을 꺼내자마자 장산과 위지룡이 벌떡 일어났다.

"그동안 감사했습니다!"

"부디 건강하시길 바랍니다, 연백경 백호장님."

그러더니 바로 등을 돌려 막사를 뛰듯이 걸어 나갔다. 잠깐

열린 막사의 천 사이로 차디찬 바람이 슬며시 들어와 연 백호
의 전신을 살살 쓸고는 사라졌다.

잠깐 막사의 입구를 응시하던 연 백호는 이내 먹과 붓을 꺼
내 서신을 작성하기 시작했다. 한참을 공들여 작성해서 봉투
에 넣고 밀봉한 그는 겉면에 수신자의 이름을 적었다.

이후 서신을 품에 넣은 연 백호는 막사를 나서 말을 타고는
뢰주 상단으로 향했다.

그리고 달리는 그의 뒤를, 시꺼먼 먹구름이 쫓아가기 시작
했다.

이윽고 먹구름은 그를 덮쳐 삼키고, 반도를 타고 북상하기
시작했다.

그 끝은······.

『마도 진조휘』 3권에 계속···

이제부터 전자책은

이젠북

www.ezenbook.co.kr

새로운 세계가 열린다!

초대형 24시 만화방

신간 100%, 샤워실, 흡연실, 수면실(침대석), 커플석, 세탁기 완비

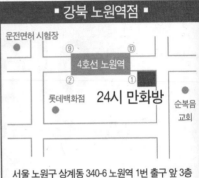
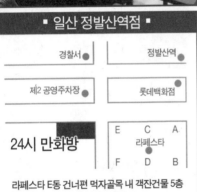

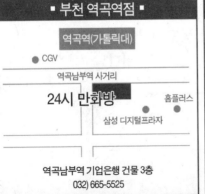
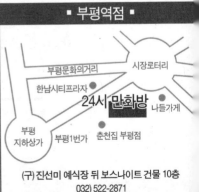

이계진입
리로디드

임경배 퓨전 판타지 소설
FUSION FANTASTIC STORY

『권왕전생』임경배의 2015년 신작!

『이계진입 리로디드』

왕의 심장이 불타 사라질 때,
현세의 운명을 초월한 존재가 이 땅에 강림하리라!

폭군으로부터 이세계를 구원한 지구인 소년 성시한.
부와 명예, 아름다운 연인…
해피엔딩으로 이야기는 끝인 줄 알았건만
그 대가는 지구로의 무참한 추방이었다.
그리고 10년 후……

"내가 돌아왔다! 이 개자식들아!"

한 번 세상을 구한 영웅의 이계 '재'진입 이야기!

Book Publishing CHUNGEORAM

유행이 아닌 자유추구 -
WWW.chungeoram.com

FUSION FANTASTIC STORY

탁목조 장편 소설

천공기

탁목조 작가가 펼쳐 내는 또 하나의 이야기!

『천공기』

최초이자 최강의 천공기사였던 형.
형은 위대한 업적을 이룬 전설이었다.
하지만 음모로 인해 행방불명되는데……

"형이 실종되었다고
내게서 형의 모든 것을 빼앗아 가?"

스물두 살 생일,
행방불명된 형이 보낸 선물, 천공기.
그리고 하나씩 밝혀지는 진실들.

천공기사 진세현이 만들어가는 전설이 시작된다!

Book Publishing CHUNGEORAM

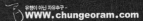
유행이 아닌 자유추구 ─
WWW.chungeoram.com

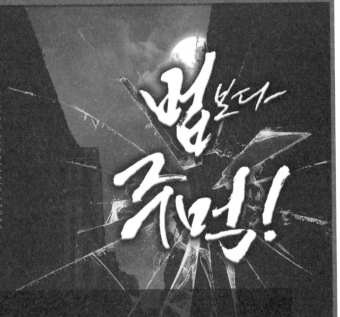

사략함대 장편소설

FUSION FANTASTIC STORY

법보다 주먹!

2016년 대한민국을 뒤흔들 거대한 폭풍이 온다!

『법보다 주먹!』

깡으로, 악으로 밤의 세계를 살아가던 박동철.
그는 어느 날 싱크홀에 빠진다.

정신을 차린 박동철의 시야에 들어온 건 고등학교 교실.
그리고 그에게 걸려온 의문의 ARS는 그를 새로운 인생으로 이끄는데…….

빈익빈 부익부가 팽배한 세상, 썩어버린 세상을 타파하라!

법이 안 된다면 주먹으로!
대한민국을 뒤바꿀 검사 박동철의 전설이 시작된다!

Book Publishing CHUNGEORAM

유행이 아닌 자유추구 -
WWW.chungeoram.com